U0789376

珍藏版

山海经

于立文 主编

肆

辽海出版社

目　录

第十四卷　大荒东经

第十五卷　大荒南经

第十六卷　大荒西经

【原文】

8.19　务隅之山，帝颛顼葬于阳①，九嫔葬于阴。一曰爰有熊、罴、文虎、离朱、鸱久、视肉②。

【注释】

①颛顼：号高阳氏。相传为黄帝之孙、昌意之子，生于若水，居于帝丘。

②一曰："一曰"及后面的内容，当是后人注解，不是经文。爰：这里，那里。罴：棕熊。离朱：传说中的一种神禽。鸱（chī）久：鸺（qú）鹠（liú），猫头鹰的一种。视肉：传说中的兽名，又叫聚肉。

【译文】

有一座务隅山，帝颛顼就埋葬在它的南面，他的九位妃嫔埋葬在山的北面。一说这座山中有熊、罴、花斑虎、离朱、鸱久、视肉（这些鸟兽）。

【原文】

8.20　平丘在三桑东①。爰有遗玉、青鸟、视肉、杨柳、甘柤、甘华②，百果所生。有两山夹上谷③，二大丘居中，名曰平丘。

【注释】

①平丘：平整的丘陵地。三桑：指长着三棵无枝桑树的地方。

②遗玉：玉石名。青鸟：一作"青马"。视肉：传说中的兽名。甘粗（zhā）：传说中的一种植物，树干是红色的，花是黄色的，叶是白色的，果实是黑色的。甘华：植物名。一说属于柑橘类。

③上：大。

【译文】

平丘在三棵桑树的东面。这里有遗玉、青鸟、视肉、杨柳、甘粗、甘华，生长着各种果树。有两座山夹着一个大山谷，中间有两个大的丘陵，名叫平丘。

【原文】

8.21　北海内有兽①，其状如马，名曰騊駼②。有兽焉，其名曰驳，状如白马，锯牙，食虎豹。有素兽焉③，状如马，名曰蛩蛩④。有青兽焉，状如虎，名曰罗罗。

【注释】

①北海：古代泛指北方僻远之地。

②駒（táo）駼（tú）：兽名。一说普氏指野马，性格暴烈，原产地在蒙古草原。

③素：白色。

④蛩（qióng）蛩：传说的中兽名。

【译文】

北海之内有一种野兽，它的形状与马相似，名叫駒駼。还有一种野兽，名叫驳，形状与白马相似，长着锯齿般的牙齿，能吃虎、豹。还有一种白色的野兽，形状与马相像，名叫蛩蛩。还有一种青色的野兽，形状似虎，名叫罗罗。

【原文】

8.22　北方禺强①，人面鸟身，珥两青蛇②，践两青蛇。

禺强

【注释】

①禺强：传说中的海神名。也叫"禺疆"、"禺京"。

②珥（ěr）：用作动词，这里指（用两条青蛇）作耳饰。

【译文】

北方有个名叫禺强的神，他长着人面鸟身，用两条青蛇做耳饰，脚底下还踩着两条青蛇。

禺强　明　蒋应镐绘图本

异兽：《陵鱼》鲛人，人鱼

　　海中有陵鱼，人面鱼身，有手有足，啼声如小儿。有的古书把它称作鲛人，有的说就是人鱼。《山海经》提到人鱼的有好几处，都说它活在山溪中，看描述可能是鲵，即娃娃鱼，不是神话中的人鱼。

第九卷　海外东经

　　《海外东经》紧接着《海外北经》中的狄山，记录了海外东南角到东北角的国家及山川河岳。

海外东经

【导读】

《海外东经》中记载了海外八个国家和地区的地理物产、民俗传说及独特风貌。如大人国中居民身材高大、君子国中居民衣冠带剑、青丘国中栖息着九尾狐、黑齿国中居民牙齿乌黑，

还有玄股国、毛民国等。另外，经中还记载了十个太阳沐浴、八面八首的天吴神、兽身人面的奢比尸等神话。这些民俗传说可能是古人对于其他民族的独特想象，也说明了中华民族早期的对外交流情况。

【原文】

9.1　海外自东南陬至东北陬者[1]。

【注释】

[1]海外：指海外东经所记载的地方。陬（zōu）：隅，角落。

【译文】

海外东经所记载的地方是从东南角到东北角。

【原文】

9.2　嗟丘[1]，爰有遗玉、青马、视肉、杨柳、甘柤、甘华[2]，甘果所生，在东海[3]。两山夹丘，上有树木。一曰嗟丘[4]。一曰百果所在，在尧葬东[5]。

【注释】

[1]嗟（jiē）丘：地名，即今山东烟台。

[2]爰：这里，那里。遗玉：玉石名。视肉：传说中的兽名。甘柤（zhā）：植物名。甘华：植物名。

③东海：所指因时而异。先秦时代多指今之黄海。

④一曰嗟丘：此句当是后人注解，不是经文。

⑤一曰百果所在，在尧葬东：此句当是后人注解，不是经文。

【译文】

鹾丘，此地产有遗玉、青马、视肉、杨柳、甘柤、甘华，结出各种甜美果实的果树生长的地方，就在东海。有两座山夹着这座丘，丘上长有树木。一说此丘名叫嗟丘。还有一说认为各种果树生长的地方，位于帝尧所葬之地的东边。

【原文】

9.3 大人国在其北①，为人大，坐而削船②。一曰在鹾丘北③。

【注释】

①其：指鹾丘。

②削船：削刻船只。

③一曰在鹾（jiē）丘北：此句当是后人注解，不是经文。

【译文】

大人国在鹾丘的北边，国中之人身材高大，坐在那里用刀削船。一说大人国在鹾丘的北边。

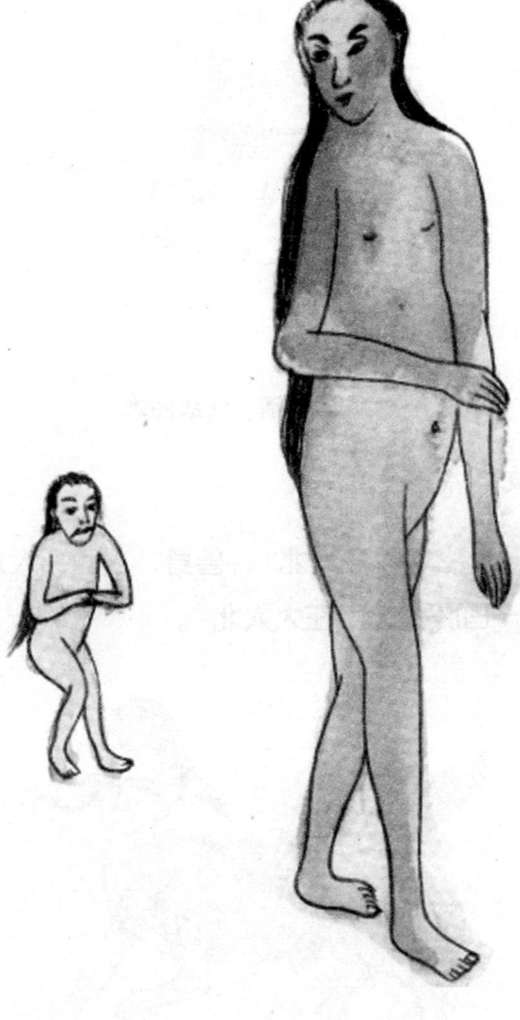

大人国

大人国　清　汪绂图本

【原文】

9.4　奢比之尸在其北[①]，兽身、人面、大耳，珥两青蛇[②]。一曰肝榆之尸在大人北[③]。

奢比尸

【注释】

①奢比之尸：奢比尸，传说中的神名。其：指大人国。

②珥：作动词，这里指（用青蛇）作耳饰。

③一曰肝榆之尸在大人北：此句当是后人注解，不是经文。

【译文】

奢比尸在大人国的北边，他长着兽一样的身子、人一样的脸，耳朵大大的，且以两条青蛇做耳饰。一说肝榆尸在大人国的北边。

奢比尸　清　吴任臣康熙图本

【原文】

9.5　君子国在其北①，衣冠带剑②，食兽，使二大虎在旁③，其人好让不争。有薰华草，朝生夕死。一曰在肝榆之尸北④。

【注释】

①其：指奢比尸所在的地方。

②衣冠：衣帽整齐。

③大：应作"文"。

④一曰在肝榆之尸北：此句当是后人注解，不是经文。

【译文】

君子国在奢比尸所在之地的北面，国人衣冠整齐，身上佩剑，能吃野兽，驱使的两只花斑老虎就在身旁，该国之人喜欢谦让而不争斗。此地长着一种薰华草，每天早晨开花，傍晚就凋谢了。一说此国在肝榆尸所居之地的北边。

	《山海经》中名称	今　考
山海经地理古今考	毊　丘	今山东省烟台市
	大人国	在庙岛列岛和辽东半岛上
	奢比之尸	在山东省德州至临淄之间
	君子国	安徽省五河县

【君子国】

君子国是古人理想中的国家。国中的人无论是统治者还是百姓，个个衣冠楚楚，身佩长剑，一派儒雅之气。性格和善，言谈举止彬彬有礼，从来不会和人争斗，据说连走路都要互相谦让。国中的老虎也受这种风气的教化，不再凶残，跟随在人身边，供人使唤。

《镜花缘》中记载，君子国人做买卖，卖主力争付最上等的货，收最少的钱；买主则力争付高价，拿次等货，互相推让许久，才能完成交易。国家的君主还颁布了一条法令，臣民谁如果进献珠宝，除将所献的珠宝烧毁外，还要被问刑。

显然，这种说法只是作者一种美好的想象。后来也有人认为，君子国描写的是原始部落的生活。他们群居，并以狩猎为生。打回来的猎物平均分给族人，人人均等，食物也刚刚够吃，没有剩余，所以族人也无贪婪之心，才能做到互相礼让。

【原文】

9.6　虹虹在其北①，各有两首。一曰在君子国北②。

【注释】

①虹虹：可能指虹霓。其：指君子国。

②一曰在君子国北：此句当是后人注解，不是经文。

【译文】

虹虹在君子国的北面，各有两个脑袋。一说虹虹位于君子国的北面。

【原文】

9.7　朝阳之谷[1]，神曰天吴，是为水伯[2]。在虹虹北两水间。其为兽也，八首人面，八足八尾，皆青黄[3]。

天吴

【注释】

①朝阳之谷：朝阳谷，谷名。今山东临朐东北朝阳故城附近的朝水。

②水伯：水神。

③皆：一作"脊"。

【译文】

朝阳谷居住着一位神，名叫天吴，是一位水神。朝阳谷在虹虹北边的两条水流中间。这位神仙形状与野兽相似，长着八个脑袋，脸与人的脸相似，有八条腿、八条尾巴，全身皆呈青黄色。

天吴　明　胡文焕图本

【原文】

9.8　青丘国在其北①，其狐四足九尾。一曰在朝阳北②。

【注释】

①其：指朝阳谷。

②一曰在朝阳北：此句当是后人注解，不是经文。

【译文】

青丘国位于朝阳谷的北面。国中栖居着一种狐狸，它长着四条腿、九条尾巴。一说青丘国在朝阳谷的北边。

【原文】

9.9　帝命竖亥步①，自东极至于西极，五亿十选九千八百步②。竖亥右手把算③，左手指青丘北。一曰禹令竖亥④。一曰五亿十万九千八百步⑤。

【注释】

①帝：天帝。一说指禹。竖亥：神话传说中一个走得很快的人。步：以脚步测量距离。

②选：万。

③算：通筹（suàn），指古代计算用的筹码。

④一曰禹令竖亥：此句当是后人注解，不是经文。

⑤一曰五亿十万九千八百步：此句当是后人注解，不是经文。

【译文】

天帝命令竖亥以脚步测量大地的长度，竖亥从最东端走到最西端，共走了五亿十万九千八百步。竖亥右手拿着算筹，左手指着青丘国的北端。一说是禹命令竖亥以脚步测量大地。一说测量的结果是五亿十万九千八百步。

【竖亥步地】

在中国的神话传说中，竖亥是一位特别能走的神。话说在大禹平息了洪水以后，有了陆地和江河湖海的区别，陆地了连成一片，改变了以往部落聚居一隅的局面。大禹要重整家园、划分区域，就必须了解地域方位和土地面积。

于是，他派竖亥用脚步去丈量大地的面积。竖亥走得很快，让他来测量再合适不过了。竖亥从东走到西，一共走了五亿十万九千八百步；从南走到北，一共走了二亿三万三千五百七十五步。

这组数字，其实只是虚拟地表示了地域的宽广，并没有实际的意义，但从数字上我们也可以看出，古人认为大地是方形的，正符合古人"天圆地方"的传统认识。

【原文】

9.10　黑齿国在其北[①]，为人黑[②]，食稻啖蛇[③]，一赤一青，在其旁。一曰在竖亥北，为人黑首[④]，食稻使蛇，其一蛇赤。

黑齿国

黑齿国　清　汪绂图本

【注释】

①其：指竖亥所在的地方。

②黑：后应有"齿"字。

③啖（dàn）：吃。

④一曰："一曰"及其后面的部分，当是后人注解，不是经文。

【译文】

黑齿国在竖亥所处之地的北面，国中人牙齿呈黑色，他们吃稻米和蛇，还有一红一青两条蛇，经常伴随其身边。一说黑齿国在竖亥所居之地的北边，国中之人长着黑色的脑袋，吃稻米，能驱使蛇，其中一条蛇是红色的。

【原文】

9.11　下有汤谷①。汤谷上有扶桑②，十日所浴，在黑齿北③。居水中，有大木，九日居下枝，一日居上枝。

【注释】

①汤（yáng）谷：旸（yáng）谷。传说中的日出之处。

②扶桑：神话传说中的一种树。

③黑齿：指黑齿国。

【译文】

黑齿国的下面是汤谷。汤谷中生长着一棵扶桑树，那里是十个太阳洗澡的地方，位于黑齿国的北面。在水中有一棵大树，九个太阳居住在下面的树枝上，剩下的一个太阳住在上面的树枝上。

【原文】

9.12　雨师妾在其北[1]，其为人黑，两手各操一蛇，左耳有青蛇，右耳有赤蛇。一曰在十日北[2]，为人黑身人面，各操一龟。

雨师妾

【注释】

①雨师妾：传说中的国名。其：指汤谷。

②一曰："一曰"及其后面的部分，当是后人注解，不是经文。

【译文】

雨师妾国在汤谷的北边，该国的人全身皮肤呈黑色，左右两只手各握着一条蛇，左边耳朵上有一条青蛇，右边耳朵上有一条红蛇。一说雨师妾国在十个太阳栖息之地的北边，国中之人长着黑色的身子、人一样的脸，两手各握着一只龟。

雨师妾　清　吴任臣康熙图本

雨师妾

雨师妾　清　汪绂图本

【原文】

9.13　玄股之国在其北[1]，其为人[2]，衣鱼食鸥[3]，使两鸟夹之。一曰在雨师妾北[4]。

【注释】

①玄股之国：玄股国。因国中之人的大腿是黑色的而得名。

②其为人：后应有"股黑"。

③衣鱼：穿用鱼皮做的衣服。鸥（ōu）：同"鸥"。

④一曰在雨师妾北：此句当是后人注解，不是经文。

玄股国

【译文】

玄股国在雨师妾国的北面，这个国家的人穿鱼皮做的衣服，以鸥鸟为食，有两只鸟一左一右在他们身边听候使唤。一说玄股国在雨师妾国的北面。

玄股国　选自《中国清代宫廷版画》

【原文】

9.14　毛民之国在其北[1]，为人身生毛。一曰在玄股北[2]。

毛民国

【注释】

①毛民之国：毛民国，传说中的国名，因国中之人浑身长毛而得名。

②一曰在玄股北：此句当是后人注解，不是经文。

毛民国　清　吴任臣康熙图本

【译文】

毛民国位于玄股国的北边，国中之人浑身长毛。一说毛民国在玄股国的北面。

【原文】

9.15　劳民国在其北[1]，其为人黑。或曰教民。一曰在毛民北，为人面目手足尽黑。

劳民国

【注释】

①其：指毛民国。

【译文】

劳民国在毛民国的北边，该国的人全身皆为黑色。有人说该国名叫教民国。一说劳民国在毛民国的北边，国中之人的脸、眼睛、手、脚全是黑色的。

劳民国　明　蒋应镐绘图本

【原文】

9.16　东方句芒①，鸟身人面，乘两龙。

句芒

句芒　明　蒋应镐绘图本

【注释】

①句（gōu）芒：传说中的木神，身穿白色的衣服。

【译文】

东方有位名叫句芒的神，长着鸟身人面，驾乘着两条龙。

【句芒神】

句芒是西方天神少昊的儿子，后来成为辅佐伏羲的臣子。他是春神，即草木神和生命神。

句芒为人首鸟身、四方脸，身着青衣，管理树木发芽和春天万物的生长。古代每到立春时节，人们都会身穿青衣，戴青色的头巾祭祀句芒。周代就有设堂迎春之事，可见句芒神由来已久。据说，春秋时候，秦穆公就曾遇见过句芒。秦穆公是位明主，能够任用贤臣，更厚爱百姓，曾赦免过杀了他的骏马吃肉的岐下野人。一次，秦穆公到一座庙中拜神，句芒神从天而降，告诉他说："天帝感念你施行德政，特派我来为你增加十九年的寿命，并保佑你的国家六畜兴旺，繁荣昌盛。"说罢，乘祥龙而去。

到今天，依然有许多地方保留着祭祀春神句芒的习俗，如浙江地区立春前一日，就会抬着句芒神出城上山，人们夹道欢迎，争掷五谷，祈求来年作物丰收。

【原文】

9.17　建平元年四月丙戌[1]，待诏太常属臣望校治[2]，侍中光禄勋臣龚、侍中奉车都尉光禄大夫臣秀领主省[3]。

【注释】

①建平元年：公元前 6 年。

②望：可能为丁望，人名。校治：考订整理。

③龚：指王龚。秀：指刘歆，后改为秀。领主省：负责主要的工作。

【译文】

建平元年四月丙戌日，待诏太常属臣丁望考订整理，侍中光禄勋臣王龚、侍中奉车都尉光禄大夫刘歆领衔主持主要工作。

	《山海经》中名称	今　考
山海经地理古今考	玄股之国	辽宁黑山县至阜新蒙古族自治县之间
	毛民之国	在东辽河东北地区
	劳民国	在乌苏里江沿岸

第十卷　海内南经

　　《海内南经》描写的国家和山川大部分位于今海南、广西、广东、福建、浙江、四川、湖南、湖北长江以南一带。

海内南经

【导读】

　　《海内南经》所记事物众多，有伯虑国、离耳国、氐人国、匈奴国等国家，也有大可吞象的巴蛇、长着龙头的窫窳、知晓

人名的狌狌等怪兽，还有一些著名历史人物的故事，如夏启之臣孟涂断案的故事，并记录了帝舜和帝丹朱的埋葬之地。

【原文】

10.1　海内东南陬以西者[①]。

【注释】

①海内：指海内南经记载的地方。陬（zōu）：隅，角落。

【译文】

海内南经记载的是东南角以西的地方。

【原文】

10.2　瓯居海中[①]。闽在海中[②]，其西北有山。一日闽中山在海中[③]。

【注释】

①瓯（ōu）：地名，在今浙江温州一带。

②闽：古代族名。

③一日闽中山在海中：此句当是后人注解，不是经文。

【译文】

瓯位于海中。闽也在海中，它的西北方有山。一说闽地一带的山在海中。

【原文】

10.3　三天子鄣山在闽西海北[①]。一曰在海中[②]。

【注释】

①三天子鄣（zhāng）山：山名。可能在今安徽歙（shè）县。闽：指闽这个种族所在的地方。
②一曰在海中：此句当是后人注解，不是经文。

【译文】

三天子鄣山在闽的西方，海的北方。一说此山在海中。

【原文】

10.4　桂林八树在番隅东[①]。

【注释】

①桂林：树林名。八树：八棵树。番（pān）隅：番禺。古代县名，即今广东省广州市番禺区。

【译文】

桂林的八棵树位于番隅的东面。

【原文】

10.5　伯虑国、离耳国、雕题国、北朐国皆在郁水南①。郁水出湘陵南海②。一曰相虑③。

枭阳国

【注释】

①北朐（qú）国：国名。郁水：指今广西的右江、郁江、浔江及广东的西江。

②湘陵：地名。一说即"湘漓"。南海：一说前应有"入"

字；一说应作"南山"。

③一曰相虑：此句当是后人注解，不是经文。相虑：一说
应作"柏虑"，即伯虑。

【译文】

伯虑国、离耳国、雕题国、北朐国都处于郁水的南面。郁
水发源于湘陵，流入南海。一说伯虑即相虑。

山海经地理古今考	《山海经》中名称	今　考
	瓯	在浙江省温州市一带，后为温州的别称
	闽	浙江省南部和福建省一带
	伯虑国	一说是印度尼西亚的巴厘岛。一说是加里曼丹岛

【原文】

10.6　枭阳国在北朐之西①。其为人人面长唇，黑
身有毛，反踵②，见人笑亦笑③，左手操管。

【注释】

①北朐（qú）：指北朐国。

②踵：脚后跟。

③见人笑亦笑：一说应作"凡人则笑"。

枭阳国　清　吴任臣康熙图本

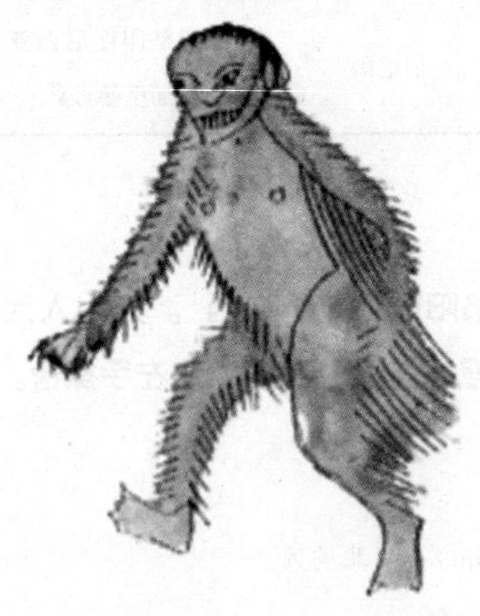

枭阳国　明　胡文焕图本

枭阳国　清　汪绂图本

【译文】

枭阳国位于北朐国的西边。这个国家的人长着人一样的脸，嘴唇非常长，身体呈黑色，身上有毛，脚跟反长，见到别人笑也跟着笑，左手握着竹管。

【枭阳国】

有人认为枭阳是介于人和兽之间的野人，是传说中的山精。他们身躯庞大，傻里傻气，又被称做"赣巨人"。枭阳喜欢抓人吃，每当抓住了人，未吃之前，会先开心地咧开嘴哈哈大笑。他们的嘴唇又厚又长，笑起来的时候，嘴唇就翻到了额头上，把鼻子和眼睛都盖住了。后来，人们想出了对付他的妙招：手上套两只竹筒，万一被枭阳捉住，就趁他张口大笑、嘴唇上翻的时候，迅速地从竹筒中把手抽出来，再用尖刀把他的嘴唇钉在额头上，让他的眼睛看不见东西，就只能乖乖地束手就擒。可笑的是，枭阳被捉住后，手中还紧紧地抓着两只竹管不放，以为是人的手，也足见其之笨。

【原文】

10.7　兕在舜葬东、湘水南[①]。其状如牛，苍黑，一角。

【注释】

①兕：犀牛一类的兽。舜：传说中的上古帝王，有虞氏，姓姚，名重华。湘水：湖南湘江。

【译文】

兕住在帝舜埋葬之地的东边、湘江的南边。它形状与牛相似，身体呈苍黑色，长有一只角。

【原文】

10.8　苍梧之山[①]，帝舜葬于阳，帝丹朱葬于阴[②]。

【注释】

①苍梧之山：今九嶷山。

②丹朱：传说中帝尧之子，名朱，因居丹水，故名丹朱。

【译文】

苍梧山，帝舜死后就葬在它的南面，帝丹朱死后葬在它的北面。

【原文】

10.9　泛林方三百里[1]，在狌狌东[2]。

【注释】

①泛林：范林。
②狌（xīng）狌：猩猩。

【译文】

泛林方圆三百里，在猩猩栖息之地的东边。

【原文】

10.10　狌狌知人名，其为兽如豕而人面[1]，在舜葬西。

【注释】

①豕（shǐ）：猪。

【译文】

猩猩知道人的名字，它的形状与猪相似，却长着人一样的脸，居住在帝舜所葬之地的西面。

【原文】

10.11　狌狌西北有犀牛，其状如牛而黑。

【译文】

猩猩居住地的西北方有犀牛，其形状与牛相似，全身呈黑色。

【原文】

10.12　夏后启之臣曰孟涂①，是司神于巴②。人请讼于孟涂之所，其衣有血者乃执之，是请生③。居山上，在丹山西④。丹山在丹阳南⑤，丹阳居属也⑥。

【注释】

①夏后启：夏朝国君启。

②司神：主管之神。巴：古族名，主要分布在今川东、鄂西一带。

③请生：请求活命。

④丹山：可能是今巫山的支脉。

⑤丹阳：古都邑名，在今湖北秭归东南部。

⑥居：应作"巴"。

【译文】

夏朝国君启的臣子中有一个叫孟涂的，他是主管巴地的神。有人到孟涂那里去请他审理案件，他把衣服上沾有血迹的人抓起来，被抓起来的人向他请求饶命。孟涂居住在山上，此山在丹山的西面。丹山在丹阳的南边，丹阳则为巴的属地。

	《山海经》中名称	今　考
山海经地理古今考	枭阳国	一说在今广西境内；一说在今中南半岛中部
	湘　水	湘　江
	苍梧之山	湖南省宁远县南部的九嶷山
	丹　山	可能是湖北与四川两省边界的巫山的支脉
	丹　阳	在今湖北省县东南

【原文】

10.13　窫窳龙首①，居弱水中②，在狌狌知人名之西③，其状如龙首④，食人。

【注释】

①窫（yà）窳（yǔ）：古代传说中的一种兽。

②弱水：水名。叫弱水的河流很多，古人又把水浅而不能载舟的水称为弱水。

③狌狌知人名：这里指知道人的名字的猩猩所在的地方。

④龙：一说前应有"狃"字，狃即狃虎，一种像野猫形体略大的野兽。

【译文】

窫窳长着龙一样的脑袋，居住在弱水之中，位于能知道人姓名的猩猩所居之地的西面，它形状与相狃似，长着龙一样的脑袋，会吃人。

【原文】

10.14　有木，其状如牛，引之有皮①，若缨、黄蛇②。其叶如罗③，其实如栾④，其木若芑⑤，其名曰建木。在窫窳西弱水上⑥。

【注释】

①引：牵拉。

②缨：用来系帽子或装饰物的带子。

③罗：一说指罗网；一说指柔软的丝织品。

④栾：栾木。

⑤芑（qiū）：菼（tǎn）的别称，即初生的荻。一说指刺榆。

⑥窫（yà）窳（yǔ）：古代传说中的一种兽。

【译文】

有一种树，它形状与牛相似，牵拉它时能扯下树皮，拉下的树皮像缨带和黄蛇。它的叶子像罗网，所结的果实与栾树的果实相似，树干与茋相似，这种树名叫建木。它生长在窫窳栖息之地以西的弱水岸边。

【原文】

10.15　氐人国在建木西[①]，其为人人面而鱼身，无足。

【注释】

①氐（dī）人国：传说中的国名。建木：这里指建木生长的地方。

氐人国　清　吴任臣康熙图本

氏人国

【译文】

　　氏人国在建木生长之地的西边，该国的人长着人面鱼身，没有脚。

【原文】

　　10.16　巴蛇食象①，三岁而出其骨，君子服之②，无心腹之疾。其为蛇青、黄、赤、黑。一曰黑蛇青首，在犀牛西③。

【注释】

　　①巴蛇：传说中的一种大蛇。

890

②服之：指吃了巴蛇吐出的象骨。

③一曰："一曰"及其后面的部分当是后人的注解，不是经文。犀牛：这里指犀牛生活的地方。

巴蛇

巴蛇　明　胡文焕图本

【译文】

巴蛇能吃掉大象，三年后才吐出象骨，君子吃了这种象骨，就不会得心脏和腹部的疾病。这种巴蛇身上有青、黄、红、黑四种颜色。一说巴蛇名为黑蛇，长着青色的脑袋，住在犀牛栖居之地的西边。

【巴蛇】

巴蛇体形巨大，《水经注》记载：巴蛇"长十丈，围七八尺"：周身色彩斑斓，青色、黄色、黑色、红色混合相间。它善于隐藏在暗处，等猎物一出现就扑跃而出，突然发起攻击，用巨大的身子缠住猎物，然后整个吞食掉。民间有"巴蛇吞象"的传说。据说，巴蛇可以把整头大象吞进肚子里，但要用三年的时间才能消化干净，再把大象的骨头吐出来，一说骨头可从蛇的鳞甲缝里钻出来。传说巴蛇原是神人，生活在洞庭湖中，因为经常作恶，危害人间，被后羿用箭射死。死后骨头堆在洞庭湖边，后来变成了一座山，叫巴陵。

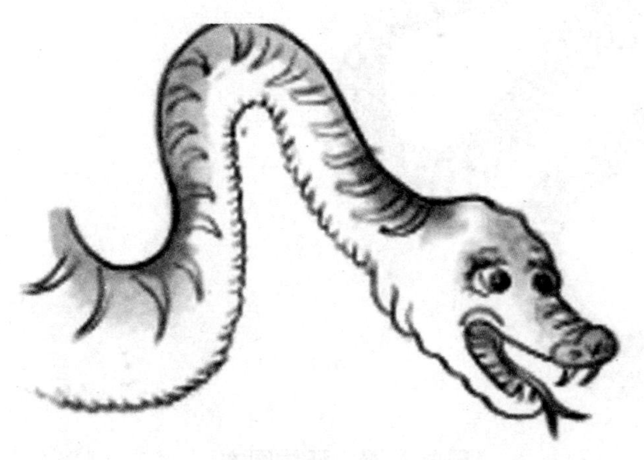

巴蛇

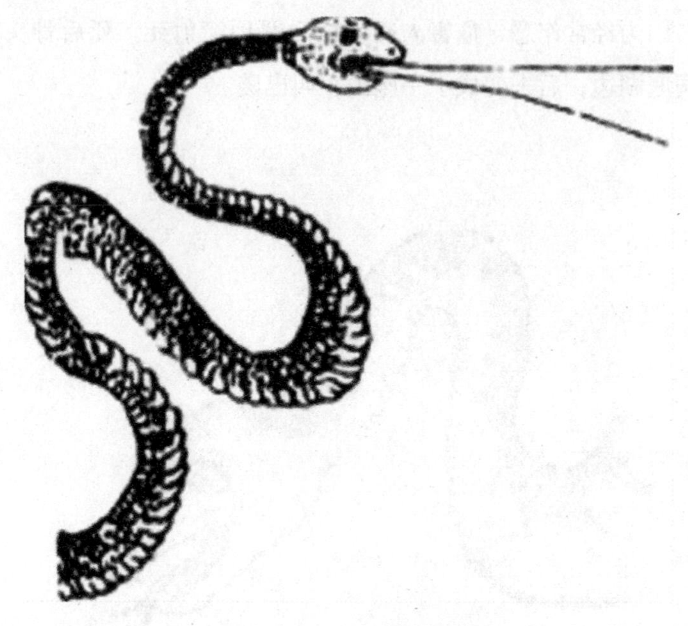

巴蛇　清　汪绂图本

【原文】

10.17　旄马，其状如马，四节有毛①。在巴蛇西北、高山南②。

【注释】

①旄（máo）马：兽名。四节：四肢的关节。

②巴蛇：指巴蛇所在的地方。高山：山名。一说指今四川西部的大雪山。

旄马

旄马　清　汪绂图本

【译文】

有一种旄马，其形状与马相似，四条腿的关节处都长着毛。旄马居住在巴蛇栖息之地的西北边、高山的南边。

【原文】

10.18　匈奴、开题之国、列人之国并在西北[①]。

【注释】

①匈奴：古族名，双称胡。开题之国：开题国，国名。一说在今新疆乌鲁木齐附近。

【译文】

匈奴国、开题国、列人国都在西北方。

山海经地理古今考	《山海经》中名称	今　考
	高　山	可能是今四川省西部的大雪山
	开题之国	在新疆乌鲁木齐附近

駮又名兹白，是一种可以御兵灾、辟兵刃、又可御凶
的独角吉兽。

第六儿是霸下：又名赑屃，样子似龟。相传上古时它常背起三山五岳来兴风作浪。被夏禹收服，为夏禹立下不少汗马功劳。治水成功后，夏禹就把它的功绩，让它自己背起。故中国的石碑多由它背起的。

第十一卷　海内西经

　　《海内西经》记载的国家大致位于今陕西、山西、内蒙古、河北、辽宁一带。

海内西经

【导读】

《海内西经》重点记载了昆仑山及其附近的山脉河流、动植物。此处流传着一些奇异的神话传说，如贰负神杀死窫窳神被反绑囚禁在山中的故事、九头开明神兽威风凛凛地守护昆仑山的传说、六巫用不死药救窫窳神的故事。

【原文】

11.1　海内西南陬以北者①。

【注释】

①海内：指海内西经记载的地方。陬（zōu）：隅，角落。

【译文】

海内西经记载的是西南角以北的地区。

【原文】

11.2　贰负之臣曰危①，危与贰负杀窫窳②。帝乃梏之疏属之山③，桎其右足④，反缚两手与发，系之山上木。在开题西北⑤。

【注释】

①贰负：传说中的神名。人面蛇身。危：贰负的臣属。

②帝：天帝。窫（yà）窳（yǔ）：古代传说中的一种兽。

③梏（gù）：古代木质的手铐，这里指拘禁。疏属之山：疏属山，在今陕西境内。

④桎：这里指给（右脚）戴上脚镣。

⑤开题：指开题国。

【译文】

贰负有个臣子名叫危，危与贰负一起杀死了窫窳。天帝于是把危拘禁在疏属之山，给他的右脚戴上脚镣，把他的双手和头发反绑在一起，并捆绑在山中的大树上。囚禁他的地方位于开题国的西北边。

【危】

危本是神贰负的一名臣子。贰负与另一位天神窫窳素来不和。一次，窫窳不知何事又得罪了贰负，贰负对他的仇恨更深了。危看在眼里，于是向贰负提议除掉窫窳，见贰负欣然应许，跟着又说出了自己的计划。两人一拍即合，找到一个合适的机会，联手杀死了窫窳。

天下没有不透风的墙，不多久，黄帝知道了这件事，大为恼怒，下令将贰负和危囚禁在疏属山中，给他的右脚戴上脚镣，用头发反绑住双手，拴在山中一棵树上。

传说几千年后，汉宣帝时有人开凿山中的发盘石，在石下发现一个石室，里面有两个赤身裸体的人，这两人又黑又脏，双手被反绑在树上。人们把他们抬到车上，打算运回长安。结果半路上，他们都变成了石头人。宣帝百思不得其解，便向群臣询问他们的来历，没有一个人知道，只有刘向站出来说："他们是黄帝时的神贰负和他的臣子危，因为犯了大罪被黄帝囚禁在山中，永世不见天日，只能等待后世圣明的君主把他们解救出来。"

危

危　清　毕沅图本

【原文】

11.3　大泽方百里，群鸟所生及所解①。在雁门北②。

大泽

【注释】

①解：指鸟脱换羽毛。

②雁门：山名，在今山西省境内。

【译文】

大泽方圆百里，有众多的鸟类在这里繁衍生息、脱羽换毛。大泽位于雁门山的北边。

【原文】

11.4　雁门山①，雁出其间。在高柳北②。

【注释】

①雁门山：山名，在今山西省境内。

②高柳：地名，在今山西省境内。

【译文】

雁门山，大雁从其间出入。此山位于高柳的北面。

【原文】

11.5　高柳在代北①。

【注释】

①高柳：地名，在今山西省境内。代：古国名，在今河北

蔚县。

【译文】

高柳在代的北边。

【原文】

11.6　后稷之葬^①，山水环之。在氐国西^②。

后稷

【注释】

①后稷：周族的始祖，名弃。虞舜命为农官，教民耕稼。

②氐（dī）国：氐人国。

【译文】

后稷的埋葬之地，周围有山水环绕。此地位于氐国的西边。

后稷祠

【原文】

11.7　流黄酆氏之国①，中方三百里，有涂四方②，中有山。在后稷葬西③。

【注释】

①流黄酆（fēng）氏之国：流黄酆氏国。
②涂：通"途"，路。
③后稷葬：后稷所葬之地。

【译文】

流黄酆氏国，其国土方圆三百里，有道路通向四方，国中有大山。此国在后稷所葬之地的西边。

	《山海经》中名称	今　考
山海经地理古今考	疏属之山	在今山西省富县和洛川县之间
	雁门山	在今山西省代县西北，因梁山对峙雁从其间飞过而得名
	高　柳	今山西高阳县
	流黄酆氏之国	今鄂尔多斯高原

【原文】

11.8　流沙出钟山[①]，西行又南行昆仑之虚[②]，西南入海[③]，黑水之山。

【注释】

①流沙：古时指中国西北地区的沙漠地带。钟山：山名。一说在今内蒙古境内；一说在今新疆境内。

②昆仑之虚：指昆仑山。

③海：这里指西北地区的水泽。

【译文】

流沙自钟山起，向西再向南一直延伸到昆仑山，再向西南进入大海和黑水山。

【原文】

11.9　东胡在大泽东①。

【注释】

①东胡：古族名，居于匈奴以东。大泽：大的水泽。

【译文】

东胡在大泽的东边。

【原文】

11.10　夷人在东胡东①。

【注释】

①夷：中国古代对东方各族的泛称，也指四方的少数民族。

【译文】

夷人居住在东胡的东边。

【原文】

11.11　貊国在汉水东北①，地近于燕②，灭之。

【注释】

①貊（mò）：古族名。汉水：水名。一说在今朝鲜半岛上；

汉水

一说指松花江。

　　②燕：指燕国。

【译文】

　　貊国位于汉水的东北边，该地与燕国临近，后来被燕国灭掉。

松花江

【原文】

11.12　　孟鸟在貊国东北。其鸟文赤、黄、青，东乡①。

【注释】

①乡：通"向"，朝向。

【译文】

孟鸟居住在貊国的东北边。这种鸟的花纹呈红、黄、青三种颜色，向着东方而立。

【原文】

11.13　　海内昆仑之虚在西北①，帝之下都②。昆仑之虚方八百里，高万仞③。上有木禾④，长五寻⑤，大五围⑥。面有九井，以玉为槛⑦；面有九门，门有开明兽守之⑧，百神之所在。在八隅之岩⑨，赤水之际⑩，非夷羿莫能上冈之岩⑪。

【注释】

①昆仑之虚：指昆仑山。

②帝：指黄帝。下都：在下界的都城。

③仞：古代以八尺或七尺为一仞。

④木禾：传说中的一种高大的谷类植物。

⑤寻：古代长度单位，八尺为一寻。

⑥围：两臂合拢的长度。

⑦槛：栏杆。

⑧开明兽：传说中的一种神兽。

⑨隅：角落。

⑩赤水：水名。一说指红色的水流。

⑪羿：后羿，夏朝有穷氏首领，善于射箭。

【译文】

海内西经中所记载的昆仑山位于西北地区，是黄帝在下界的都城。昆仑山方圆八百里，高达万仞。山上长有一种木禾，高达五寻，粗细需五人合抱。昆仑山的每一面都有九口井，每口井都以玉为栏杆。每一面都有九道门，每道门都有名叫开明的神兽威为它守卫，这里是百神居住的地方。百神居住在八个方位的岩洞中，赤水的岸边。如果不是后羿那样的人，是无法攀上这些山冈上的岩石的。

【原文】

11.14　赤水出东南隅，以行其东北①。

【注释】

①其：指昆仑山。

【译文】

赤水发源于昆仑山的东南角，向昆仑山的东北方流去。

【原文】

11.15　河水出东北隅，以行其北①，西南又入渤海②；又出海外③，即西而北，入禹所导积石山④。

【注释】

①其：昆仑山。

②渤海：水名。一说指蒲昌海；一说在今新疆境内。

③海外：地名。指异族所居之地。

④导：疏导。

【译文】

黄河发源于昆仑山的东北角，然后向北方流去，又折向西南，最后注入渤海；接着又流出海外，向西向北一直流入大禹疏导的积石山。

【原文】

11.16　洋水、黑水出西北隅①，以东，东行，又东北，南入海②，羽民南③。

【注释】

①洋水：水名。一说指今新疆境内的叶尔羌河。黑水：水名。一说指喀什喀河。

②海：水名。一说指罗布泊。

③羽民：指羽民国。

【译文】

洋水、黑水从昆仑山的西北角流出，向东流，然后折向东北流，再折向南流流入大海，一直流到羽民国的南边。

【原文】

11.17　弱水、青水出西南隅，以东，又北，又西南，过毕方鸟东①。

【注释】

①毕方鸟：这里指毕方鸟栖息的地方。

【译文】

弱水、青水从昆仑山的西南角流出，向东流，然后向北流，再向西南流，流经毕方鸟栖息之地的东面。

【原文】

11.18　昆仑南渊深三百仞①。开明兽身大类虎而九首，皆人面，东向立昆仑上。

【注释】

①昆仑：昆仑山。仞：古代以八尺或七尺为一仞。

开明兽

【译文】

昆仑山南面的渊潭，深达三百仞。开明兽身形跟老虎一般庞大，长着九个脑袋，长着人一样的脸，面向东站立在昆仑山上。

开明兽

开明兽　清　汪绂图本

开明兽　明　蒋应镐绘图本

【原文】

11.19　开明西有凤皇、鸾鸟①，皆戴蛇践蛇，膺有赤蛇②。

【注释】

①开明：指开明兽。鸾鸟：传说中凤凰一类的鸟。
②膺：胸。

【译文】

开明兽所在之地的西边有凤凰、鸾鸟，它们头上盘绕着蛇，脚下踩踏着蛇，胸前有红色的蛇。

【原文】

11.20　开明北有视肉、珠树、文玉树、玗琪树、不死树①。凤皇、鸾鸟皆戴瞂②。又有离朱、木禾、柏树、甘水、圣木曼兑③。一曰挺木牙交④。

【注释】

①开明：指开明兽。视肉：传说中的一种兽。珠树：长有珍珠的树。文玉树：五彩玉树。玗（yú）琪树：玗琪，红玉，长有红玉的树。不死树：吃了它的果实可以不死的树。

②瞂（fá）：盾。

③离朱：传说中的一种神禽。木禾：传说中的一种高大的谷类植物。甘水：甘甜的泉水。圣木曼兑：一说指一种名叫曼兑的圣树。

④一曰挺木牙交：此句当是后人注解，不是经文。

【译文】

开明兽栖息之地的北面有视肉、珠树、文玉树、玗琪树、不死树。此处的凤凰、鸾鸟头上都戴着盾。这里还有离朱，木禾、柏树、甘甜的泉水及圣木曼兑。一说圣木曼兑即指挺木牙交。

【原文】

11.21　开明东有巫彭①、巫抵、巫阳、巫履、巫凡、巫相②，夹窫窳之尸③，皆操不死之药以距之④。窫窳者，蛇身人面，贰负臣所杀也⑤。

【注释】

①开明：指开明兽。

②巫彭、巫抵、巫阳、巫履、巫凡、巫相：都是古代的巫师。

③窫（yà）窳（yǔ）：猰貐，传说中的一种兽。

④距：通"拒"，抗拒。

⑤贰负臣：指贰负的臣子危。

【译文】

　　开明兽所居之地的东面有巫彭、巫抵、巫阳、巫履、巫凡、巫相六位巫师，他们围在窫窳的尸体周围，手捧着不死药，试图令窫窳复活。这位窫窳神，长着蛇身人面，被贰负及其臣子危一起杀死。

	《山海经》中名称	今　考
山海经地理古今考	渤　海	今新疆的罗布泊
	洋　水	今叶尔羌河，塔里木河的源头，位于中国西部的新疆维吾尔自治区内
	鸾　鸟	凤凰一类的鸟
	蜼	一种长尾猴

【原文】

11.22　服常树①，其上有三头人，伺琅玕树②。

【注释】

①服常树：树名。

②伺：守候。琅（láng）玕（gān）树：珠树。

【译文】

　　有一种服常树，它上面有长着三颗脑袋的人，正在守候着琅玗树。

【原文】

11.23　开明南有树鸟[1]，六首蛟、蝮、蛇、蜼、豹、鸟秩树[2]，于表池树木[3]；诵鸟、鶽、视肉[4]。

蜼

【注释】

①开明：指开明兽。树鸟：传说中的一种鸟。

②蛟：蛟龙。蝮：蝮蛇。蜼（wèi）：一种长尾猿。鸟秩树：树名。

③表池：地名。一说指华表池。树：种植。

④诵鸟：鸟名。鶽（sǔn）：雕。视肉：传说中的一种兽。

【译文】

开明兽栖息之地的南边有树鸟、长着六个脑袋的蛟龙、蝮蛇、长尾猿、豹子和鸟秩树，在表池的周围环绕着树；那里生活着诵鸟、雕、视肉。

六首蛟

【帝都昆仑】

昆仑山巍峨雄伟，屹立在大地的西北方，传说它是天帝在下界的都城，也是天上众神相聚的地方。西王母和她居住的瑶池就在昆仑山上。西王母本是掌管刑罚和灾难的神，她头戴玉胜、豹尾虎齿，身边有三青鸟做她的使者。西王母还曾在瑶池宴请过周穆王和汉武帝。

因为昆仑山是众神聚集的地方，一般人是无法登上去的。据说只有射日的后羿登上过一次。后羿原本是天上的神人，因为曾射杀了九个太阳，天帝把他连同他的妻子嫦娥一起打下凡尘。身在凡尘就免不了有生老病死，为了长生不老，后羿便登上昆仑山找西王母求取不死药。西王母同情他的遭遇，慷慨地给了他够两人吃的不死药。嫦娥却趁后羿不在偷偷把药都吃了，结果她独自升上了月宫，留下后羿一个人在人间受苦。

土蝼是一种食人兽，样子像羊，四只角。

出自：《山海经·西山经》：西南四百里，曰昆仑之丘，……。有兽焉，其状如羊而四角，名曰土蝼，是食人。

第十二卷　海内北经

　　《海内北经》记录的国家山川大致分布在昆仑山向东，经陕西、河北，一直延伸到朝鲜以东的大海中。

海内北经

【导读】

《海内北经》中记载的内容比较简单，主要是一些奇异的动物，如为西王母取食的三青鸟、形似虎长着翅膀的穷奇兽、状若虎长尾巴的驺吴兽。除此之外，还记载了人面蛇身的鬼国人、长得像狗的犬封国人、兽头人身的环狗国人及头上长着三

只角的戎族人等。逢蒙忘恩负义射死后羿、犬封国犬夫人妻的故事充满奇幻色彩，给人留下了深刻的印象。

【原文】

12.1　海内西北陬以东者①。

【译文】

海内北经所记载的是西北角以东的地方。

【原文】

12.2　蛇巫之山①，上有人操杯而东向立②。一曰龟山③。

【注释】

①蛇巫之山：蛇巫山。一说在今昆仑山附近；一说在今四川、湖北边境。

②杯：同"杯"。

③一曰龟山：此句当是后人注解，不是经文。

【译文】

有一座蛇巫山，山上有人手拿杯子，面朝东而立。一说此山名叫龟山。

【原文】

12.3　西王母梯几而戴胜杖[①]，其南有三青鸟[②]，为西王母取食。在昆仑虚北[③]。

【注释】

①西王母：亦称为金母、瑶池金母、瑶池圣母。住在昆仑山的瑶池中，神话传说中的女神。梯：依凭。几：小桌子。

②三青鸟：传说中的一种鸟。

③昆仑虚：昆仑山。

西王母

西王母　清　汪绂图本

【译文】

西王母身子倚靠着桌几，头上戴着首饰，她的南面有三青鸟，专门负责给西王母取食。西王母住在昆仑山的北面。

【原文】

12.4　有人曰大行伯，把戈。其东有犬封国。贰负之尸在大行伯东^①。

【注释】

①贰负：传说中的神名。人面蛇身。

【译文】

有个人名叫大行伯，手中拿着戈。大行伯所居之地的东边有个犬封国。贰负的尸体也在大行伯所居之地的东面。

	《山海经》中名称	今　考
山海经地理古今考	蛇巫之山	一说位于昆仑山附近；一说 在今四川、湖北边境
	昆仑虚	昆仑山

【原文】

12.5　犬封国曰犬戎国，状如犬。有一女子，方跪

进柸食①。有文马，缟身朱鬣②，目若黄金，名曰吉量，乘之寿千岁。

【注释】

①柸：同"杯"。

②缟（gǎo）：细白的绢。鬣（liè）：兽类颈上的长毛。

【译文】

犬封国又叫犬戎国，该国之人的样貌与狗相像。这里有一位女子，正跪在地上，手捧一杯酒向丈夫进献食物。这里有一种带有斑纹的马，全身呈白色，有红色的鬣毛，眼睛像黄金一样闪闪发光，这种马名叫吉量，人只要骑过它就能寿达千岁。

【原文】

12.6　鬼国在贰负之尸北①，为物人面而一目。一曰贰负神在其东②，为物人面蛇身。

【注释】

①鬼国：传说中的国名。贰负：传说中的神名。人面蛇身。

②一曰贰负神在其东：此句当是后人注解，不是经文。

【译文】

鬼国在贰负的尸体所在之地的北面，该国之人长着人一样的脸，只有一只眼睛。一说贰负神在鬼国的东面，该国之人都是人面蛇身。

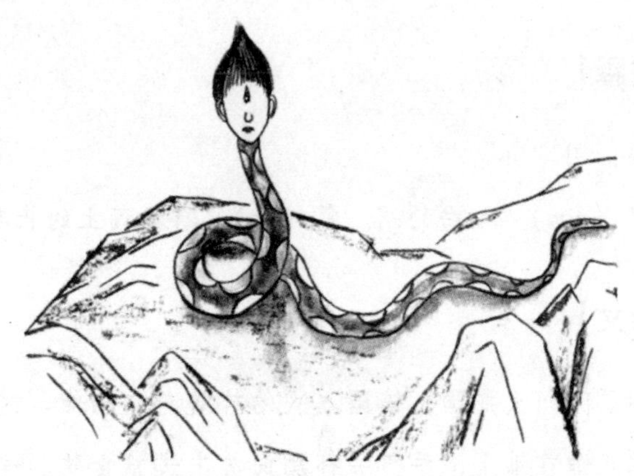

鬼国

鬼国　清　汪绂图本

【原文】

12.7　蛡犬如犬[1]，青，食人从首始。

【注释】

[1]蛡（táo）犬：兽名。

【译文】

蛡犬的形状与狗相似，它全身青色，吃人时先从脑袋开始吃。

【原文】

12.8　穷奇状如虎，有翼，食人从首始。所食被发[1]。在蛡犬北[2]。一曰从足[3]。

穷奇

【注释】

①被：同"披"，披散。

②蜪（táo）犬：这里指蜪犬所在的地方。

③一曰从足：此句当是后人注解，不是经文。从足：指从脚开始吃。

【译文】

穷奇的形状与虎相似，长有翅膀，吃人时先吃头。它正在吃的这个人披散着头发。穷奇居住在蜪犬所居之地的北边。也有人说穷奇吃人先从吃人的脚开始。

穷奇　清　汪绂图本

【原文】

12.9　帝尧台、帝喾台、帝丹朱台、帝舜台①，各二台，台四方，在昆仑东北。

【注释】

①尧：传说中远古部落联盟首领，号陶唐氏。喾：黄帝之子玄嚣的后裔，号高辛氏。丹朱：传说中帝尧之子。名朱，因居丹水，故名丹朱。舜：上古帝王，有虞氏，姓姚，名重华。

【译文】

帝尧台、帝喾台、帝丹朱台、帝舜台，此四座台各由两座台组成，台呈四方形，位于昆仑山的东北方。

【原文】

12.10　大蜂，其状如螽①；朱蛾②，其状如蛾。

【注释】

①螽（zhōng）：螽斯。

②朱蛾：红色的大蚂蚁。

【译文】

有一种大蜂，形状与螽斯相似；有一种红色的大蚂蚁，形状与蛾子相似。

【原文】

12.11　蟜①，其为人虎文，胫有朁②，在穷奇东③。一曰状如人。昆仑虚北所有④。

【注释】

①蟜（jiǎo）：国名或地名。

②胫：小腿。朁（qǐ）：小腿肚子。

③穷奇：穷奇兽所在的地方。

④一曰……所有："一曰"及其后面的部分当是后人注解，不是经文。昆仑虚：昆仑山。

【译文】

蟜，这里的人长着虎一样的斑纹，腿上有强健的小腿肚子。蟜在穷奇居住之地的东面。一说蟜的形状与人相似，居住在昆仑山的北边。

【原文】

12.12　阘非①，人面而兽身，青色。

【注释】

①阘（tà）非：兽名。

【译文】

阘非这种动物，长着人面兽身，全身都为青色。

阘非

阘非　清　汪绂图本

【原文】

12. 13　据比之尸①，其为人折颈被发②，无一手。

【注释】

①据比：天神名，一说是诸比。

②折：折断。被：同"披"，披发。

【译文】

据比的尸首，是一个折断了脖子、披散着头发、只有一只手的形象。

【原文】

12.14　环狗[1]，其为人兽首人身。一曰猬状如狗，黄色[2]。

环狗

【注释】

①环狗：指环狗国。

②一曰……黄色："一曰"及其后面的部分当是后人注解，不是经文。

环狗　清　汪绂图本

【译文】

有一个环狗国，这个国家的人长着野兽一样的头，人一样的身子。一说环狗形状像刺猬，又像狗，全身皆为黄色。

【原文】

12. 15　袜^①，其为物人身、黑首、从目^②。

【注释】

①袜：同"魅"，指鬼怪。

②从（zòng）目：纵目。眼睛竖着长。

【译文】

袜，长着人一样的身子，脑袋是黑色的，眼睛竖着长。

【原文】

12. 16　戎^①，其为人人首三角。

【注释】

①戎：这里指传说中的国家或部族。

【译文】

戎族中的人，长着人一样的脑袋，脑袋上长着三只角。

【原文】

12.17　林氏国有珍兽[①]，大若虎，五采毕具，尾长于身，名曰驺吾[②]，乘之日行千里。

驺吾

驺吾　明　胡文焕图本

【注释】

①林氏国：国名。

②驺（zōu）吾：传说中的一种兽。

【译文】

林氏国居住着一种珍奇的野兽，它的形状有老虎那么大，身上五彩斑斓，尾巴比身子还长，这种兽名叫驺吾，骑上它就能日行千里。

驺吾

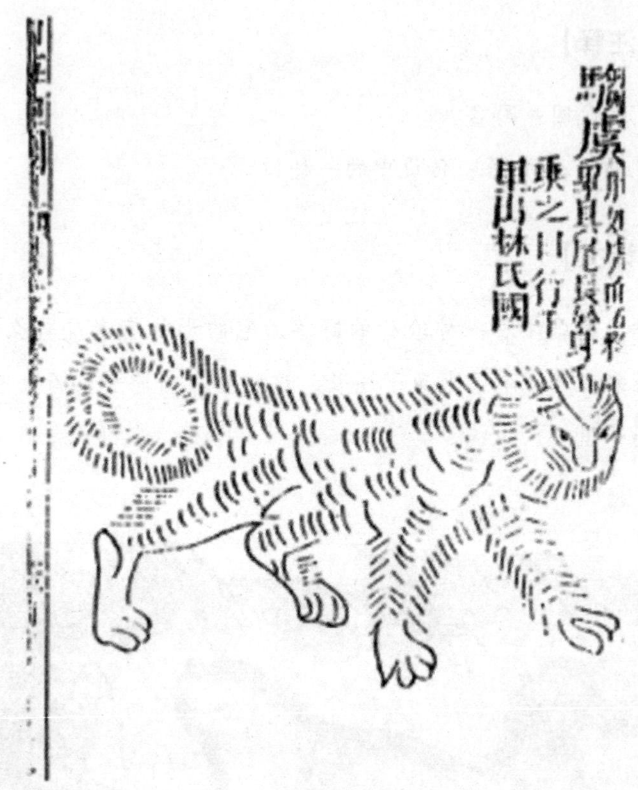

骑吾

【原文】

12.18　昆仑虚南所[①]，有泛林方三百里[②]。

【注释】

①昆仑虚：昆仑山。

②泛林：分布广泛的树林。

【译文】

昆仑山的南面有一片分布十分广泛的树林，方圆有三百里。

山海经动物古今考	《山海经》中名称	今　考
	朱　蛾	红色的大蚂蚁
	螱	螱　斯

【原文】

12.19　从极之渊①，深三百仞②，维冰夷恒都焉③。冰夷人面，乘两龙。一曰忠极之渊④。

【注释】

①从极之渊：从极渊，传说中的深渊名。

②仞：古代以八尺或七尺为一仞。

③冰夷：传说中的水神名，又作冯夷、无夷，也叫河伯。

④一曰忠极之渊：此句当是后人注解，不是经文。

【译文】

从极渊有三百仞那么深，只有一位名叫冰夷的水神经常住在那里。冰夷长着人一样的脸，驾乘着两条龙。一说从极渊名叫忠极渊。

冰夷河伯

【原文】

12.20　阳污之山[1]，河出其中[2]；凌门之山[3]，河出其中。

【注释】

①阳污之山：阳污山。一说指潼关。

②河：黄河。

③凌门之山：凌门山，在今陕西省韩城市附近。

【译文】

阳污山，黄河的一条支流发源于此；凌门山，黄河的另一

条支流由这里发源。

【原文】

12.21　**王子夜之尸**[①]**，两手、两股、胸、首、齿皆断异处。**

【注释】

①王子夜：可能指王亥。

【译文】

王子夜的尸体，两只手、两条腿、胸部、脑袋、牙齿，都被斩断，被抛到不同的地方。

【王亥之死】

王子夜就是王亥，传说他是司人间畜牧的神。有一次，王亥和弟弟王恒赶着大批牛羊到北方的有易国去放牧，还准备做点别的生意。有易国的国君绵臣非常热情地接待了他们，又是摆宴设席，又是歌舞表演，舒适的生活让两人有些乐而忘返，一住就是几个月。

王亥长得一表人才，又能舞精彩的双盾。一次在席间表演中，王亥赢得了国君妻子的爱慕。王亥也喜欢王后的年轻貌美，后来便在其弟王恒的掩护下偷偷幽会。但不久这件事就被国君绵臣知道了，他十分震怒，一气之下没收了王亥的牛羊，并把他杀死，还得尸体大卸八块，抛到不同的地方。王恒向国君求饶，终于领回了牛羊，狼狈逃回了自己的国家。

【原文】

12. 22　舜妻登比氏生宵明、烛光①，处河大泽，二女之灵能照此所方百里。一曰登北氏②。

【注释】

①舜：上古帝王，有虞氏，姓姚，名重华。登比：舜的妃子。宵明、烛光：传说中的舜的两个女儿。

②一曰登北氏：此句当是后人注解，不是经文。

【译文】

帝舜的妻子登比氏生了宵明、烛光这两个女儿，她们居住在黄河边上的大泽中，这两位女子发出的光能照亮周围方圆百里的地方。一说帝舜的妻子叫登北氏。

【原文】

12. 23　盖国在钜燕南①，倭北②。倭属燕。

【注释】

①盖国：国名。钜（jù）燕：钜通"巨"，大燕国。

②倭：古代指日本。

【译文】

盖国位于大燕国的南边，倭国的北边。倭国隶属于燕国。

【原文】

12.24　朝鲜在列阳东①，海北山南②。列阳属燕。

【注释】

①朝鲜：位于今朝鲜半岛。列阳：列水的阳面。

②海：指黄海。山：指长白山。

【译文】

朝鲜位于列阳的东面，大海的北面，山的南面。列阳属于燕国。

【原文】

12.25　列姑射在海河州中①。

【注释】

①海河州：一说指朝鲜半岛，一说在今朝鲜半岛北汉江下游。

【译文】

列姑射位于河流与大海交汇处的山地上。

山海经地理古今考	《山海经》中名称	今　考
	凌门之山	在今陕西韩城市附近
	列姑射	一说指朝鲜半岛；一说在今朝鲜半岛北汉江下游江华列岛所在地

【原文】

12.26　射姑国在海中[①]，属列姑射，西南山环之。

【注释】

①射（yè）姑国：国名。

【译文】

射姑国在海中的岛屿上，隶属于列姑射。

射姑国的西南部被高山环绕着。

【原文】

12.27　大蟹在海中[①]。

【注释】

①大蟹：巨大的蟹，据说广达千里。

【译文】

大蟹生活在海中。

海中大蟹

【原文】

12.28　陵鱼人面、手足、鱼身①，在海中。

陵鱼

【注释】

①陵鱼：传说中的一种鱼。

【译文】

有一种陵鱼，长着人一样的脸，有手有脚，鱼一样的身子，生活在大海里。

陵鱼　明　蒋应镐绘图本

【原文】

12. 29　大鳊居海中①。

【注释】

①鳊（biān）：鱼名，鲂鱼。

【译文】

大鳑鱼生活在海中。

【原文】

12.30　明组邑居海中[①]。

【注释】

①明组邑：一说指海生类植物；一说指地名或聚落名。

【译文】

明组邑生活在海中。

【原文】

12.31　蓬莱山在海中[①]。

【注释】

①蓬莱山：传说中的一座神山，为仙人所居之处。

【译文】

蓬莱山位于大海之中。

蓬莱仙境

【原文】

12.32 大人之市在海中①。

【注释】

①大人之市：指身材高大的人的集市。

【译文】

大人贸易的集市在大海之中。

第十三卷　海内东经

　　《海内东经》主要记载了中国东部河北到浙江一带的山川河流分布情况。

海内东经

【导读】

　　《海内东经》中重点介绍了一些水流的发源地、流向和流经地域，如岷江、浙江、庐江、淮水、湘水：介绍了某些独具风貌的国家，如出产美玉的白玉山国。此外还简单点出了某些山名、地名和神名，所记内容比较简单。

【原文】

13.1　海内东北陬以南者[1]。

【注释】

[1]海内：指海内东经所记载的地方。陬：隅，角落。

【译文】

海内东经记载的是东北角以南的地方。

【原文】

13.2　钜燕在东北陬[1]。

【注释】

[1]钜（jù）燕：大燕国。钜：同"巨"，大。陬：隅，角落。

【译文】

大燕国位于东北角。

【原文】

13.3　国在流沙中者埻端、玺㬦[1]，在昆仑虚东南[2]。一曰海内之郡[3]，不为郡县，在流沙中。

【注释】

①流沙：古时指中国西北地区的沙漠地带。埻（zhǔn）端：国名，可能指敦煌。玺睋（huàn）：国名。

②昆仑虚：昆仑山。

③一曰："一曰"及其后面的部分当是后人注解，不是经文。海内：指国境之内。

【译文】

位处流沙中的国家有埻端国和玺睋国，它们都在昆仑山的东南边。一说埻端国和玺睋国都属于国内之郡，之所以一直不把它们看做国内的郡县，是因为它们处在流沙之中。

【原文】

13.4　国在流沙外者①，大夏、竖沙、居繇、月支之国②。

【注释】

①流沙：古时指中国西北地区的沙漠地带。

②大夏：国名，位于中亚。竖沙：国名，可能在今新疆莎车县一带。居繇（yáo）：国名，在今乌兹别克斯坦境内。月支：即月氏（zhī），又叫大月氏。

【译文】

位居流沙之外的国家有大夏国、竖沙国、居繇国、月支国。

【原文】

13.5　西胡白玉山在大夏东①，苍梧在白玉山西南②，皆在流沙西③，昆仑虚东南④。昆仑山在西胡西，皆在西北。

【注释】

①西胡：西边的胡人。古代泛称北方边地和西域的民族为胡。大夏：指大夏国。

②苍梧：山名，大致位于我国西北地区。

③流沙：古时指中国西北地区的沙漠地带。

④昆仑虚：昆仑山。

【译文】

西胡境内的白玉山位于大夏国以东，苍梧山位于白玉山的西南边，这两座山都在流沙的西边、昆仑山的东南边。昆仑山在西胡的西面，它们都处在西北地区。

	《山海经》中名称	今　考
山海经 地　理 古今考	大　夏	大致在阿富汗境内
	竖　沙	可能在今新疆莎车县一带
	居　繇	在乌兹别克斯坦境内
	苍　梧	昆仑山的群山之一

【原文】

13.6　雷泽中有雷神①，龙身而人头，鼓其腹②。在吴西③。

雷神

【注释】

①雷泽：古泽名。雷神：掌管雷的神，又叫雷公、雷师。

②鼓：敲击。

③吴：地名。

【译文】

雷泽中住着一位雷神，这位雷神长着龙一样的身子、人一样的脑袋，只要拍一下自己的腹部，就会发出打雷声。雷泽位于吴地的西边。

雷神　明　蒋应镐绘图本

【原文】

13.7　都州在海中①。一曰郁州②。

【注释】

①都州：一说应作"郁山"，即今江苏连云港的云台山。

②一曰郁州：此句当是后人注解，不是经文。

【译文】

都州位于海中。一说都州应为郁州。

【原文】

13.8　琅邪台在渤海间、琅邪之东①，其北有山。一曰在海间②。

【注释】

①琅邪台：山名，在今山东胶南市。渤海：指黄海。琅邪：古邑名，在今山东胶南市。

②一曰在海间：此句当是后人注解，不是经文。

【译文】

琅邪台位于渤海海岸之间、琅邪山的东边，琅邪山的北边有一座山。一说琅邪台在海中间。

【原文】

13.9　韩雁在海中[1]，都州南[2]。

【注释】

①韩雁：一说是山名；一说是鸟名。具体所指待考。
②都州：山名，在今江苏省境内。

【译文】

韩雁位于大海之中，在都州的南边。

【原文】

13.10　始鸠在海中[1]，辕厉南。

【注释】

①始鸠：一说是鸟名；一说是国名。

【译文】

始鸠在大海之中，位于辕厉的南面。

【原文】

13.11　会稽山在大楚南[1]。

【注释】

①会稽山：山名，在今浙江省境内。楚：指楚国。

【译文】

会稽山位于大楚国的南边。

【原文】

13.12　岷三江^①：首大江出汶山^②，北江出曼山^③，南江出高山^④。高山在城都西^⑤，入海在长州南^⑥。

【注释】

①岷：指岷江。

②大江：指岷江的主流。

③北江：水名。一说为青衣江。曼山：山名。一说指蒙山；一说指崌山。

④南江：一说指大渡河。高山：山名。一说是邛崃山；一说是大雪山。

⑤城都："城"应作"成"。

⑥长州：地名，一说指今江苏如皋市东的沙洲。

【译文】

岷江由三条江组成：首条是岷江的主流，由汶山发源；北江发源于曼山；南江发源于高山。高山位于成都的西面，入海口在长州的南边。

【原文】

13. 13　浙江出三天子都[①]，在其东[②]，在闽西北[③]，入海，余暨南[④]。

【注释】

①浙江：今钱塘江。三天子都：山名即三天子鄣。

	《山海经》中名称	今　考
山海经地理古今考	雷　泽	一说在山西省蒲州市南部，源出雷首山，南入黄河；一说是位于江苏、浙江、安徽三省、交界处的太湖
	都　州	可能是江苏省连云港市的云台山
	郁　州	在江苏省连云港市东部的云台山一带
	琅邪台	山东省胶南市海边
	岷	指岷江，长江上游支流，在四川省中部
	浙　江	钱塘江，发源于安徽黄山，流经安徽、浙江二省

②其：应作"蛮"，蛮是古代长江中游及其以南地区少数民族的泛称。

③闽：古代族名。

④余暨：汉时县名，在今浙江杭州市。

【译文】

浙江发源于三天子都山，这座山位于蛮人居住之地的东边，闽地的西北边，在余暨的南边流入大海。

【原文】

13.14　庐江出三天子都①，入江，彭泽西②。一曰天子鄣③。

【注释】

①庐江：水名。一说指江西庐源水；一说指青戈江，在今安徽东南部。三天子都：山名，即三天子鄣。

②彭泽：今鄱阳湖。

③一曰天子鄣（zhāng）：此句当是后人注解，不是经文。

【译文】

庐江发源于三天子都山，在彭泽的西边流入长江。一说三天子都应为天子鄣。

【原文】

13. 15　淮水出余山[1]，余山在朝阳东[2]，义乡西[3]，入海，淮浦北[4]。

【注释】

[1]淮水：淮河。

[2]余山：山名。一说指位于河南境内的大复山。朝阳：古县名，治所在今河南邓州市一带。

[3]义乡：郡、国名。

[4]淮浦：汉时县名，在今江苏涟水县。

【译文】

淮水发源于余山，余山在朝阳的东边、义乡的西边，淮水在淮浦的北边注入大海。

【原文】

13. 16　湘水出舜葬东南陬[1]，西环之，入洞庭下[2]。一曰东南西泽[3]。

【注释】

[1]湘水：今湘江。舜葬东：舜所葬之地的东边。陬：隅，角落。

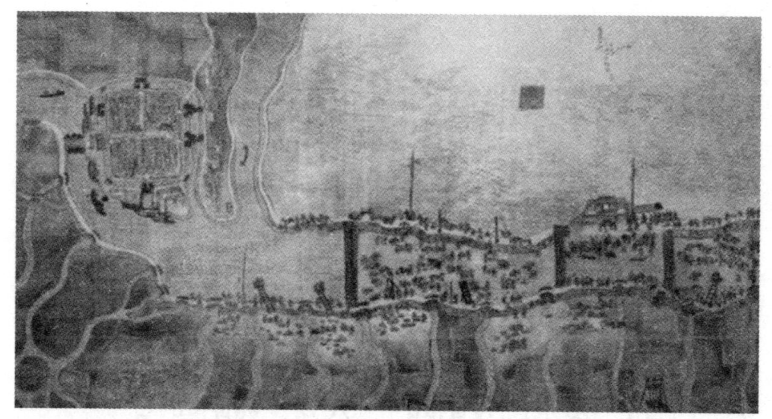

淮水

②洞庭：今洞庭湖。

③一曰东南西泽：此句当是后人注解，不是经文。

【译文】

　　湘水发源于舜所葬之地的东南角，环绕山的西侧流过，最后流入洞庭湖。一说湘水最后流入东南西泽。

【原文】

　　13.17　汉水出鲋鱼之山^①，帝颛顼葬于阳^②，九嫔葬于阴，四蛇卫之。

【注释】

　　①汉水：今汉江。鲋（fù）鱼之山：鲋鱼山。一说是嶓冢山。

　　②颛顼：相传为黄帝之孙、昌意之子，生于若水，居于

971

帝丘。

【译文】

汉水发源于鲋鱼山，帝颛顼就埋葬在鲋鱼山的南面，他的九个嫔妃埋葬在山的北面，有四条蛇守卫着那里。

【原文】

13.18　濛水出汉阳西[1]，入江，聂阳西[2]。

【注释】

[1]濛水：水名。一说是乌江。汉阳：汉时县名，在今贵州境内。

[2]聂阳：地名。

【译文】

濛水发源于汉阳的西边，最后在聂阳的西面流入长江。

【原文】

13.19　温水出崆峒山[1]，在临汾南[2]，入河，华阳北[3]。

【注释】

[1]崆（kōng）峒（tóng）山：山名，在今山西省境内。

972

②临汾：汉时县名，治所在今山西新绛县东北。

③华阳：地名。一说可能指华山之阳。

【译文】

温水发源于崆峒山，这座山位于临汾的南边，最后在华阳的北面流入黄河。

【原文】

13.20　颍水出少室①，少室山在雍氏南②，入淮西、鄢北③。一曰缑氏④。

【注释】

①颍水：今颍河。少室：今少室山。

②雍氏：一说即雍梁邑，在今河南禹州市东北；一说应作"缑氏"。

③淮西：淮河流域西部。鄢（yān）：古国名、邑名，在今河南鄢陵西北。

④缑（gōu）氏：古县名，秦时设置。

【译文】

颍水发源于少室山，此山位于雍氏的南面，颍水在淮河的西边、鄢陵的北边流入淮河。一说雍氏应为缑氏。

【原文】

13.21　汝水出天息山[1]，在梁勉乡西南[2]，入淮极西北。一曰淮在期思北[3]。

【注释】

[1]天息山：山名，可能在今河南鲁山县南。

[2]梁：古县名，在今河南汝州市。勉乡：乡邑名，属古梁县。

[3]一曰淮在期思北：此句当是后人注解，不是经文。期思：古县名。

【译文】

汝水发源于天息山，它位于梁县勉乡的西南方，汝水最后在极西的北边流入淮河。一说淮河在期思的北边。

【原文】

13.22　泾水出长城北山[1]，山在郁郅长垣北[2]，北入渭[3]，戏北[4]。

【注释】

[1]泾水：今泾河。

[2]郁郅：古县名，在今甘肃庆阳市。长垣：长城。

③渭：今渭河。

④戏：地名，在今陕西西安市。

【译文】

泾水发源于长城北山，北山位于郁郅境内的长城的北边，向北流入渭水，入水处在戏的北边。

【原文】

13.23　渭水出鸟鼠同穴山①，东注河，入华阴北②。

【注释】

①渭水：今渭河。鸟鼠同穴山：今鸟鼠山。

②华阴：古县名，在今陕西华阴市。

【译文】

渭水发源于鸟鼠同穴山，向东流入黄河，入河处在华阴的北面。

【原文】

13.24　白水出蜀①，而东南注江，入江州城下②。

【注释】

①白水：今白水江。

②江州：古县名，战国时，治所在今重庆市区嘉陵江北岸。

【译文】

白水发源于蜀山，向东南流入长江，入江处在江州城下。

【原文】

13.25　沅水山出象郡镡城西①，入东注江②，入下隽西③，合洞庭中④。

沅江

【注释】

①沅（yuán）水山：沅江。"山"为衍文。象郡：郡名，秦时设置，治所在今广西崇左市境内。镡（xín）城：古县名。

②入东注江：此句疑应在段尾。"入"字当为衍文，一说"入"应作"又"。

976

③下隽：古县名，西汉时设置，在今湖北通城县西北。

④洞庭：今洞庭湖。

洞庭湖

【译文】

沅水发源于象郡镡城的西边，向东流入长江，在下隽的西边入江，最后汇入洞庭湖。

【原文】

13.26　赣水出聂都东山[1]，东北注江，入彭泽西[2]。

【注释】

①赣水：今赣江。聂都：山名，在今江西境内。

②彭泽：今鄱阳湖。

【译文】

赣水发源于聂都东边的山，向东北流入长江，入江处在彭泽的西边。

山海经地理古今考	《山海经》中名称	今 考
	汉 水	汉江，发源于陕西省汉中市
	江 州	战国时在重庆市嘉陵江北岸，三国蜀汉时移到嘉陵江南岸，现在是重庆市

【原文】

13.27　泗水出鲁东北而南[1]，西南过湖陵西而东南[2]，注东海[3]，入淮阴北[4]。

【注释】

[1] 泗（sì）水：水名，在今山东西南部。

[2] 湖陵：古县名，在今山东鱼台县东南。

[3] 东海：所指因时而异。先秦时代多指今之黄海。

[4] 淮阴：郡名，在今江苏淮阴市。

【译文】

泗水发源于鲁地的东北方，然后向南流、再折向西南流经湖陵的西边，又向东南，流入东海，入海处在淮阴的北面。

【原文】

13.28　郁水出象郡[1]，而西南注南海，入须陵东南[2]。

【注释】

[1]郁水：水名，在今广东境内。象郡：郡名，秦时设置，在今广西崇左市境内。

[2]须陵：一说应作"猛陵"，猛陵为古县名，属苍梧郡。

【译文】

郁水发源于象郡，向西南流入南海，入海处在须陵的东南方。

【原文】

13.29　肄水出临晋西南[1]，而东南注海，入番禺西[2]。

【注释】

[1]郁水：水名，在今广东境内。象郡：郡名，秦时设置，在今广西崇左市境内。

[2]须陵：一说应作"猛陵"，猛陵为古县名，属苍梧郡。

【译文】

郁水发源于象郡，向西南流入南海，入海处在须陵的东南方。

【原文】

13.29　肄水出临晋西南[1]，而东南注海，入番禺西[2]。

【注释】

[1]肄水：水名，今溱水。临晋：应作"临武"。

[2]番禺：古县名，在今广州市内。

【译文】

肄水发源于临晋的西南方，向东南方流入海中，入海处在番禺的西边。

【原文】

13.30　潢水出桂阳西北山[1]，东南注肄水[2]，入敦浦西[3]。

【注释】

[1]潢（huáng）水：水名，在今广东省境内。桂阳：汉时设置的县，治所在今广东连州市。

②肄水：溱水。

③敦浦：地名。一说指洭浦关。

【译文】

潢水发源于桂阳西北的山中，向东南流入肄水，入水处在敦浦的西面。

	《山海经》中名称	今　考
山海经地理古今考	赣　水	江西赣江，位于长江以南、南岭以北
	聂　都	一说在江西省大余县；一说在江西省南康市西南
	泗　水	在山东西南部，源出山东泗水县东蒙山南麓
	肄　水	溱水，源出湖南省临武县西南，北流与溪水合
	潢　水	广东省西北部的连江

【原文】

13.31　洛水出洛西山①，东北注河，入成皋之西②。

【注释】

①洛水：洛河。洛：今河南洛阳市。

②成皋：汉时设置的县，在今河南荥阳市汜水镇西。

【译文】

洛水发源于洛阳西边的山中，向东北流入黄河，入河处在成皋的西边。

【原文】

13.32　汾水出上窳北^①，而西南注河，入皮氏南^②。

【注释】

①汾水：今汾河。上窳（yǔ）：地名。一说在今山西静乐县北。

②皮氏：古县名，在今山西河津县。

汾河

【译文】

汾水发源于上窳的北面，向西南流入黄河，入河处在皮氏的南边。

黄河

【原文】

13.33　沁水出井陉山东①，东南注河，入怀东南②。

【注释】

①沁水：今沁河。井陉（xíng）山：山名，在山西境内。

②怀：古县名，在今河南焦作市境内。

【译文】

沁水发源于井陉山的东面，向东南流入黄河，入河处在怀的东南面。

【原文】

13.34　济水出共山南东丘[1]，绝钜鹿泽[2]，注渤海，入齐琅槐东北[3]。

【注释】

①济水：水名，包括黄河南北两部分。共山：山名。

②绝：穿过。钜鹿泽："鹿"应作"野"，即大野泽，在今山东巨野县北。

③齐：地区名，在今山东泰山以北黄河流域及胶东半岛。琅槐：古县名，在今山东利津县南。

【译文】

济水发源于共山南面的东丘，穿过钜鹿泽，最后流入渤海，入海处在齐地琅槐的东北方。

【原文】

13.35　潦水出卫皋东[1]，东南注渤海，入潦阳[2]。

【注释】

①潦水：今辽河。

②潦阳：古县名，在今辽宁辽中县。

【译文】

潦水发源于卫皋的东面，向东南流入渤海，入海处在潦阳。

【原文】

13.36　虖沱水出晋阳城南①，而西至阳曲北②，而东注渤海，入越章武北③。

虖沱水源

【注释】

①虖（hū）沱水：滹沱河。晋阳：古县名，在今山西太原市。

②阳曲：古县名，在今山西太原市北。

③越：疑为衍文。章武：古县名，在今河北黄骅市西北。

【译文】

虖沱水发源于晋阳城的南边，向西流到阳曲的北边，再转向东流入渤海，入海处在章武的北边。

【原文】

13.37　漳水出山阳东①，东注渤海，入章武南②。

漳河

【注释】

①漳水：漳河。一说在今河南境内；一说在今山西境内。山阳：古县名。一说在河南修武县。

②章武：古县名。在今河北黄骅市西北。

渤海

【译文】

漳水发源于山阳的东面，入海处在章武的南边。

【原文】

13.38　建平元年四月丙戌①，待诏太常属臣望校治②，侍中光禄勋臣龚、侍中奉车都尉光禄大夫刘秀领主省③。

【注释】

①建平元年：公元前6年。

②望：人名，指丁望。

③龚：指王龚。秀：人名，指刘歆。领主省：负责主要的工作。

【译文】

建平元年四月丙戌，待诏太常属臣丁望考订整理，侍中光禄勋臣王龚、侍中奉车都尉光禄大夫刘歆主持整理。

	《山海经》中名称	今 考
山海经地理古今考	济 水	包括黄河南北两部，河北部分源出河南省济源市西部的王屋山，河南部分是从黄河分出的一支
	潦 水	辽河，东北地区南部的最大河流，是中国七大河流之一
	虖沱水	滹沱河，在河北省西部
	漳 水	一说在河南省修武县；一说在山西省榆次市南边

第十四卷　大荒东经

　　《大荒东经》所记录的国家、山川大致位于中国的东部，与海外东经所记录的地域大致相同。

大荒东经

【导读】

　　《大荒东经》中记述的国家如大人国、小人国、君子国、黑齿国等同样出现在了海外东经中，值得注意的是，这些国家的居民开始有了姓氏。经中还详细说明了这些国家的形成过程，如王亥丧牛于易的故事，讲述了因民国灭亡和摇民国建立的过

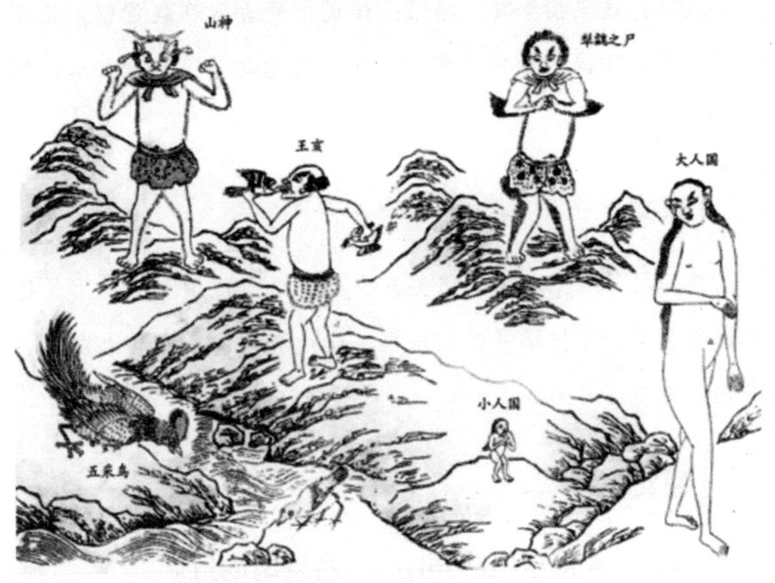

程，从一个侧面展示了上古时期部落之间的斗争。此外，经中提到明星山、合虚山等山之时，强调它们是日月所出之山，反映了古人对日月活动规律的认识。应龙行雨的神话传说，则反映了古人对自然现象奇幻瑰丽的想象。

【原文】

14.1　东海之外大壑[1]，少昊之国[2]。少昊孺帝颛顼于此[3]，弃其琴瑟。有甘山者，甘水出焉，生甘渊。

【注释】

[1]东海：所指因时而异，先秦时代多指今之黄海。

[2]少昊：传说中远古东夷族首领，名挚，号金天氏。

[3]孺：这里指养育。颛顼：传说中的古代部族首领，五帝之一，号高阳氏，相传为黄帝之孙、昌意之子，生于若水，居于帝丘。

【译文】

东海之外有一个大的沟壑，少昊在这里建国。少昊于此处养育颛顼帝，并把琴瑟丢在这里。此地有座甘山，甘水发源于此山，流出山后形成一个渊，名叫甘渊。

【原文】

14.2　大荒东南隅有山[1]，名皮母地丘。

【注释】

①大荒：最荒远的地方。

【译文】

最荒远之地的东南角有座山，名字叫做皮母地丘。

【原文】

14.3　东海之外①，大荒之中，有山名曰大言，日月所出。

【注释】

①东海：所指因时而异，先秦时代多指今天的黄海。

大言山

【译文】

东海之外，最荒远的地方之中，有座山名叫大言，此山是太阳和月亮升起的地方。

【原文】

14.4　有波谷山者，有大人之国。有大人之市，名曰大人之堂①。有一大人踆其上②，张其两耳③。

【注释】

①大人之堂：一说是山名，因为山的形状如堂屋而得名；一说指大人之市中用来交易的堂屋。

②踆：通"蹲"。

③耳：应作"臂"。

【译文】

有一座山名叫波谷山，这里是大人国所处之地。大人国中有一个大人贸易的集市，名叫大人之堂。有一个大人正张着他的两只手臂蹲在上面。

【原文】

14.5　有小人国，名靖人①。

小人国

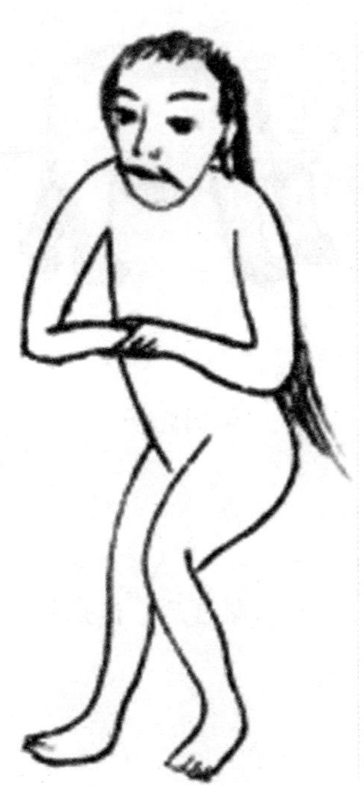

小人国　明　蒋应镐绘图本

【注释】

①靖人：古代传说中的小人，也叫诤人。

【译文】

有一个小人国，国中的人被称作靖人。

【原文】

14.6　有神，人面兽身，名曰犁䰠之尸^①。

犁䰠之尸

【注释】

①犁䰠（líng）之尸：犁䰠尸，传说中的神名。

【译文】

有一位神，他长着人一样的脸、兽一样的身子，名叫犁䰠之尸。

犁䰠之尸　清　汪绂图本

	《山海经》中名称	今　考
山海经 地　理 古今考	东　海	所指因时而异，先秦时代多指今天的黄海
	大　壑	马里亚纳海沟，位于菲律宾东北、马来西亚群岛附近

【原文】

14.7 有滷山[①]，杨水出焉。有芄国[②]，黍食，使四鸟[③]：虎、豹、熊、罴[④]。

【注释】

①滷（jué）山：山名。

②芄（wěi）国：国名。一说即妫（guī）国。妫是传说中舜居住的地方，妫国中的人应当为舜的后裔。

③鸟：这里指兽。

④罴（pí）：棕熊。

【译文】

有座山名叫滷山，杨水发源于此。有一个国家名叫芄国，这个国家的人以黍为食，能驱使四种野兽：虎、豹、熊、罴。

【原文】

14.8 大荒之中[①]，有山名曰合虚，日月所出。

【注释】

①大荒：最荒远的地方。

【译文】

最荒远的地方之中有座山，名叫合虚，这是太阳和月亮升

起的地方。

【原文】

14.9　有中容之国，帝俊生中容[1]，中容人食兽、木实，使四鸟：豹、虎、熊、罴。

【注释】

[1]帝俊：一说指帝舜；一说指颛顼。生：生育。一说这里并非指亲生，而是表明中容人为帝俊后裔。

【译文】

有一个国家叫中容国，帝俊生了中容，中容国人以野兽的肉和果树的果实为食，他们能驱使四种野兽：豹、虎、熊、罴。

【原文】

14.10　有东口之山。有君子之国[1]，其人衣冠带剑[2]。

【注释】

[1]君子之国：君子国，传说中的国名，因国中之人注重礼仪、讲求揖让而得名。

[2]衣冠：衣帽整齐。

【译文】

有一座山名叫东口山。有一个君子国，该国之人衣冠整洁，身上佩剑。

【原文】

14.11　有司幽之国。帝俊生晏龙，晏龙生司幽。司幽生思士，不妻；思女，不夫①。食黍，食兽，是使四鸟②。

【注释】

①思士，不妻；思女，不夫：思士，不娶妻子；思女，不嫁丈夫。传说他们因精气感应、魂魄相合而生育后代。晏龙、司幽、思士、思女均为人名。

②鸟：这里指兽。

【译文】

有个国家名叫司幽。帝俊生了晏龙，晏龙生了司幽。司幽又生了思士，思士终身未娶；司幽还生了思女，思女一生不嫁。司幽国的人以黍和兽肉为食，能驱使四种野兽。

【原文】

14.12　有大阿之山者。大荒中有山名曰明星①，日月所出。

【注释】

①大荒：最荒远的地方。

【译文】

有一座山名叫大阿山。最荒远的地方之中有座山名叫明星，这里是太阳和月亮升起的地方。

【原文】

14. 13　有白民之国。帝俊生帝鸿①，帝鸿生白民。白民销姓，黍食，使四鸟：虎、豹、熊、罴②。

【注释】

①帝鸿：一说指黄帝；一说指黄帝的后裔。
②罴（pí）：棕熊。

【译文】

有一个国家叫白民国。帝俊生了帝鸿，帝鸿生了白民。白民国的人以销为姓，以黍为食，能驱使四种野兽：虎、豹、熊、罴。

【原文】

14. 14　有青丘之国①，有狐，九尾。

【注释】

①青丘之国：青丘国，即《海外东经》中提到的国家。

【译文】

有一个国家叫青丘国，国中有一种狐，长着九只尾巴。

【原文】

14.15　有柔仆民①，是维嬴土之国②。

【注释】

①柔仆民：国名。

②维：句中语气助词，无实义。嬴土：肥沃的土地。

【译文】

有一个国家叫柔仆民，是一个土壤肥沃的国家。

【原文】

14.16　有黑齿之国①。帝俊生黑齿，姜姓，黍食，使四鸟②。

【注释】

①黑齿之国：黑齿国，即《海外东经》中提到的国家。

②鸟：这里指兽。

【译文】

有一个国家叫黑齿国。帝俊生了黑齿，该国之人以姜为姓，以黍为食，能驱使四种野兽。

【原文】

14.17　有夏州之国。有盖余之国①。有神人，八首人面，虎身十尾，名曰天吴。

天吴

【注释】

①盖余之国：盖余国，国名。一说即盖国。

【译文】

有一个夏州国。还有一个盖余国。有一位神人，长着八个脑袋、人一样的脸、虎一样的身子，有十条尾巴，名叫天吴。

天吴　清　汪绂图本

【原文】

14. 18　大荒之中①，有山名曰鞠陵于天、东极、离瞀②，日月所出。名曰折丹③——东方曰折，来风曰俊——处东极以出入风。

【注释】

①大荒：最荒远的地方。

②鞠陵于天、东极、离瞀（mào）：均为山名。一说东极、离瞀不指山，而是对"鞠陵于天"的解释。

③名：前面应有"有神"两字。折丹：传说中的神名。

【译文】

在最荒远的地方之中有三座山，分别名叫鞠陵于天、东极、离瞀，这三座山是太阳和月亮升起的地方。有一位名叫折丹的神——东方的人称他为折，从东方吹过来的风称为俊——折丹神就处在大地的最东边，掌管风的出入。

【原文】

14. 19　东海之渚中有神①，人面鸟身，珥两黄蛇②，践两黄蛇③，名曰禺䝞。黄帝生禺䝞，禺䝞生禺京④。禺京处北海⑤，禺䝞处东海，是惟海神。

禺䝞

【注释】

①渚：水中的小块陆地。

②珥：耳饰，这里作动词，指（用两条黄蛇）作耳饰。

③践：踩、踏。

④禺䝞（hào）、禺京：都是传说中的海神。

⑤北海：古代泛指我国北方偏远之地。秦汉时也指里海、贝加尔湖等。

猇禺　明　蒋应镐绘图本

【译文】

东海的小岛上有位神，长着人面鸟身，用两条黄蛇作耳饰，脚下（还）踩着两条黄蛇，这位神名叫禺猇。黄帝生了禺猇，禺猇生了禺京。禺京住在北海，禺猇住在东海，他们都是海神。

狗傀

【原文】

14.20　有招摇山[1]，融水出焉。有国曰玄股，黍食，使四鸟[2]。

【注释】

[1]招摇山：一说在今广东省境内；一说在今广西省境内。

②鸟：这里指兽。

【译文】

有座招摇山，融水发源于此。有一个国家名叫玄股国，国人以黍为食，他们能驱使四种野兽。

【原文】

14.21　有困民国①，勾姓而食②。有人曰王亥，两手操鸟，方食其头。王亥托于有易、河伯仆牛③，有易杀王亥，取仆牛。河念有易，有易潜出，为国于兽④——方食之——名曰摇民。帝舜生戏⑤，戏生摇民。

【注释】

①困：应作"因"，"因民"即下文的"摇民"。

②而：应作"黍"。

③有易：国名，可能在今河北易县附近。托：托付。河伯：人名。仆牛：大的牛群。

④为国于兽：在野兽出没的地方建国。

⑤舜：上古帝王，有虞氏，姓姚，名重华。戏：指有易。

【译文】

有个因民国，以勾为姓，以黍为食。国中有个名叫王亥的人，他两只手抓着鸟，正在吃鸟的头。王亥把一群牛托付给有易国的水神河伯，有易国的人杀死了王亥，抢走了这一群牛。（后来，殷王杀了有易国的国君，为王亥报了仇）河伯顾念与有易国的交情，于是帮助该国人逃了出来，他们在野兽出没的地方建立了一个新的国家——他们正在吃兽肉——这个国家名叫摇民国。帝舜生了戏，戏生了摇民。

王亥

王亥　清　汪绂图本

【摇民国】

　　王亥与有易国王后幽会，事情败露后，被国君绵臣大卸八块。其弟王恒苦苦求饶才得以返回国中。后来，王恒对殷王甲

微说起这件事，请求他为哥哥报仇。殷王便兴兵讨伐有易国，还要求河伯也一起前往。国小兵弱的有易国哪里是殷的对手，很快，殷国军队就打到了有易国城中，国君绵臣被杀，有易国也灭亡了。河伯原是绵臣的故旧，二人感情很好。如今见到有易国人民国破家亡，心中着实不忍，便趁黑夜帮助有易国的遗民潜逃，并把他们安顿在一个野兽出没的地方，教会他们打猎，从此有易族人就以野兽为食，后来重新建立了一个国家就叫摇民国。

【原文】

14.22　海内有两人^①，名曰女丑^②。女丑有大蟹。

【注释】

①两人：下面只说了一个人，大概文字上有逸脱。

②女丑：女丑之尸，是一个女巫。

【译文】

海内有两个人，名叫女丑。女丑所居之地有大蟹。

【原文】

14.23　大荒之中^①，有山名曰孽摇頵羝。上有扶木^②，柱三百里^③，其叶如芥^④。有谷曰温源谷、汤谷，上有扶木，一日方至，一日方出，皆载于乌^⑤。

【注释】

①大荒：最荒远的地方。

②扶木：扶桑。

③柱：直立高耸。

④芥：芥菜。

⑤乌：传说太阳中有三足乌。

【译文】

最荒远之地有一座山，名叫孽摇頵羝。山上长着扶木，直立高耸达三百里，树叶与芥菜叶相似。山中有一个山谷，名叫温源谷或汤谷，谷的上面长有扶木，一个太阳刚到达扶木，另一个太阳就从扶木上升起，这两个太阳都载在三足乌的身上。

【原文】

14.24　有神，人面、犬耳、兽身，珥两青蛇①，名曰奢比尸。

【注释】

①珥：动词。这里指（用两条青蛇）作耳饰。

【译文】

有一位神，长着人一样的脸、狗一样的耳朵，兽一样的身子，以两条青蛇作耳饰，这位神名叫奢比尸。

【原文】

14.25　有五采之鸟[1]，相乡弃沙[2]。惟帝俊下友[3]。帝下两坛，采鸟是司[4]。

【注释】

[1]五采之鸟：羽毛五彩斑斓的鸟。

[2]相乡：相对。乡通"向"。弃沙：盘旋舞动的样子。

[3]下友：下界的朋友。

[4]司：管理。

五采鸟

【译文】

有一种五彩斑斓的鸟，常常相对起舞。这些鸟是帝俊在下界的朋友。帝俊在下界的两个神坛，就是由这种五彩的鸟掌管的。

五采鸟　清　汪绂图本

【原文】

14.26　大荒之中[1]，有山名曰猗天苏门，日月所生。有埙民之国[2]。

【注释】

①大荒：最荒远的地方。

②埙（xūn）民之国：埙民国，国名。

【译文】

最荒远的地方之中有一座山，名叫猗天苏门，这是太阳和月亮升起的地方。那里有一个埙民国。

【原文】

14.27　有綦山①，又有摇山。有䎟山②，又有门户山，又有盛山，又有待山。有五采之鸟③。

【注释】

①綦（qí）山：山名。

②䎟（zèng）山：山名。

③五采之鸟：羽毛五彩斑斓的鸟。

【译文】

有綦山，又有摇山。有䎟山、又有门户山盛山和待山。这几座山上有五彩斑斓的鸟。

【原文】

14.28　东荒之中①，有山名曰壑明俊疾，日月所出。有中容之国②。

【注释】

①东荒：东边的荒远之地。

②中容之国：中容国，国名。

【译文】

东方的荒远之地中有一座山，名叫壑明俊疾，这是太阳和月亮升起之地。那里有个中容国。

【原文】

14.29　东北海外，又有三青马、三骓、甘华①，爰有遗玉、三青鸟、三骓、视肉、甘华、甘柤②，百谷所在。

【注释】

①三骓（zhuī）：马名。甘华：植物名。

②爰：这里；那里。遗玉：玉石名。三青鸟：传说中的一种鸟。视肉：兽名。一说又叫聚肉，形状像牛肝，长着两只眼睛，从它身上割去一块肉，很快又会长出来。甘柤（zhā）：植物名。

【译文】

在东北方向的海外，又有三青马、三骓马、甘华，一说那

里有遗玉、三青鸟、三骓马、视肉、甘华、甘柤，是百谷生长的地方。

	《山海经》中名称	今　考
山海经地理古今考	北　海	古代泛指我国北方偏远之地
	招摇山	一说指广东省连县北部湘粤交界处的方山；一说指广西省的十万大山
	五采之鸟	羽毛五彩斑斓的鸟
	青　鸟	传说中的一种鸟
	乌	传说中太阳中的三足乌

【原文】

14.30　有女和月母之国[1]。有人名曰鹓[2]——北方曰鹓，来之风曰狻[3]——是处东极隅以止日月，使无相间出没，司其短长。

【注释】

①女和月母之国：女和月母国，国名。

②鹓（wǎn）：传说中的人名。

③北方曰鹓，来之风曰狻（yǎn）：北方的人称他为鹓，从北方吹来的风叫狻。

【译文】

有一个女和月母国。国中有一个名叫鹓的人——北方的人称他为鹓，从北方吹来的风名叫狻——他住在大地的东北角，控制太阳和月亮的运行，使它们不间断地出没，并调节日月出没时间的长短。

【原文】

14.31　大荒东北隅中[1]，有山名曰凶犁土丘。应龙处南极[2]，杀蚩尤与夸父[3]，不得复上[4]，故下数旱[5]。旱而为应龙之状，乃得大雨。

应龙

【注释】

①大荒：最荒远的地方。隅：角落。

②应龙：古代传说中善兴云作雨的神。

③蚩尤：传说中古代九黎族的首领，以金作为兵器，与黄帝战于涿鹿，失败被杀。夸父：神话传说中的人物，据传与太阳赛跑，最后口渴而死。

④上：指上天。

⑤下：下界。

应龙　明　胡文焕图本

【译文】

最荒远之地的东北角中有一座山，名叫凶犁之丘。应龙住在这座山的最南面，由于他杀了蚩尤和夸父，再也不能回到天界，所以下界多次发生旱灾。每当下界大旱时，人们便模仿应龙的样子求雨，天上就会降雨。

【原文】

14.32　东海中有流波山[1]，入海七千里。其上有兽，状如牛，苍身而无角，一足，出入水则必风雨，其光如日月，其声如雷，其名曰夔。黄帝得之[2]，以其皮为鼓，橛以雷兽之骨[3]，声闻五百里，以威天下[4]。

夔　明　蒋应镐绘图本

【注释】

①东海：所指因时而异，先秦时代多指今之黄海。流波山：山名。一说指散布在渤海之中的冀东山岭。

②黄帝：传说中原各族的祖先，姬姓，为少典之子，号轩辕氏、有熊氏。

③橛（jué）：敲。雷兽：雷神。

④威：震慑。

【译文】

东海中有一座山，名叫流波山，这座山距离海岸有七千里远。山上有一种兽，它的形状与牛相似，长着苍色的身子，头上没有角，只有一条腿，它出入水中时，一定会有风雨相伴，这种兽发出的光像日月一般明亮，它发出的声音像是打雷声，它的名字叫夔。黄帝得到它之后，用它的皮作鼓面，用雷神身上的骨头来敲打这面鼓，鼓声能传到五百里之外，黄帝以此来震慑天下。

第十五卷　大荒南经

　　《大荒南经》中记载的国家、山川河流大致位于中国的南方。

大荒南经

【导读】

《大荒南经》中的国家多与海外南经中的国家重复，如不死国、羽民国、焦侥国等。

经中有许多奇异的内容，如卵民国中人产卵繁衍后代、三

只青兽合并而成的双双、方齿虎尾的祖状尸让，著名的"后羿射日"的神话传说也出自此篇。

【原文】

15.1　南海之外[1]，赤水之西，流沙之东[2]，有兽，左右有首，名曰跋踢[3]。有三青兽相并[4]，名曰双双。

跋踢

【注释】

①南海：所指不定，先秦时指东海或泛指南方民族的居住地，也可以指南方的一个海域；西汉后指今南海。

②流沙：古时指中国西北的沙漠地区。

③跋（chù）踢：传说中的一种兽。

④并：合并。

跰踢　清　吴任臣康熙图本

【译文】

在南海之外、赤水的西边、流沙的东边，有一种兽，这种兽左右两边各长一个脑袋，它名叫跰踢。还有一种三只青兽合在一起的动物，名叫双双。

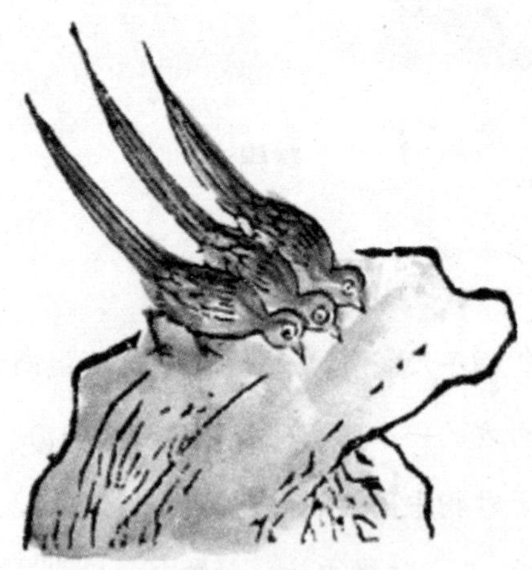

双双

双双　清　毕沅图本

【原文】

15.2　有阿山者[1]。南海之中[2]，有泛天之山，赤水穷焉[3]。赤水之东有苍梧之野[4]，舜与叔均之所葬也[5]。爰有文贝、离俞、鸱久、鹰、贾、委维、熊、罴、象、虎、豹、狼、视肉[6]。

【注释】

①阿山：山名。一说这里的"阿"是大的意思。

②南海：所指不定。先秦时指东海或泛指南方民族的居住地，也指南方的一个海域；西汉后指今南海。

③穷：尽。

④苍梧：即苍梧山。

⑤叔均：人名。一说是舜的儿子商均。

⑥爰：这里；那里。离俞：离朱，传说中的一种神禽。鸱（chī）久：即鸱鹠。贾：鸟名。一说属鹰类；一说指乌鸦。委维：即委蛇，传说中的一种怪蛇。罴：棕熊。视肉：兽名。一说又叫聚肉，形状像牛肝，长着两只眼睛，从它身上割去一块肉，很快又会长出来。

【译文】

有一座山名叫阿山。在南海之中，有一座泛天山，它位于赤水的尽头。赤水的东面有个地方叫苍梧之野，帝舜与叔均死后都埋葬在这里。这个地方有花斑贝、离朱、鸱久、鹰、贾、委蛇、熊、罴、象、虎、豹、狼、视肉。

【原文】

15.3　有荣山，荣水出焉。黑水之南，有玄蛇①，食麈②。

【注释】

①玄：黑色。

②麈（zhǔ）：鹿一类的动物。

玄蛇

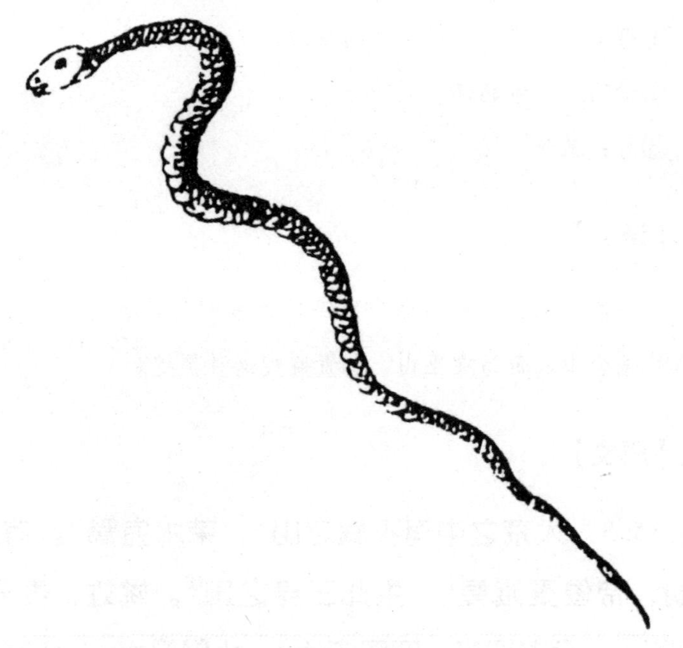

玄蛇　清　汪绂图本

【译文】

有一座荣山，荣水发源于此。在黑水的南面，有一种黑色的蛇，它喜欢吃麈。

【原文】

15.4 　有巫山者①，西有黄鸟。帝药②，八斋③。黄鸟于巫山，司此玄蛇。

【注释】

①巫山：山名，不是今天的巫山。

②帝药：天帝的药。

③斋：屋舍。

【译文】

有一座巫山，它的西面有黄鸟。天帝的丹药就存放在巫山的八处斋舍中。黄鸟在巫山上负责监视这种黑蛇。

【原文】

15.5 　大荒之中有不庭之山①，荣水穷焉②。有人三身，帝俊妻娥皇③，生此三身之国④。姚姓，黍食，使四鸟⑤。有渊四方，四隅皆达⑥，北属黑水⑦，南属大荒。北旁名曰少和之渊⑧，南旁名曰从渊，舜之所浴也。

【注释】

①大荒：最荒远的地方。

②荣水：水名。一说作"荥水"；一说为融水。穷：尽。

③帝俊：这里指帝舜。娥皇：舜的妻子，尧的女儿。

④三身之国：三身国，国名。

⑤鸟：这里指兽。

⑥隅：角落。达：通。

⑦属（zhǔ）：连接。

⑧旁：边。

【译文】

最荒远之地中有座不庭山，这座山是荣水的尽头处。这里有一种人，长着三个身子。帝俊的妻子娥皇，生下了这个三身国的祖先。国中的人都姓姚，以黍为食，能驱使四种野兽。这里有一个深潭，呈四方形，四角都与外界相通北边与黑水相连，南边与最荒远之地相连，北边的渊叫少和渊，南边的渊叫从渊，是帝舜洗澡沐浴的地方。

【原文】

15.6　又有成山①，甘水穷焉②。有季禺之国③，颛顼之子④，食黍。有羽民之国，其民皆生毛羽。有卵民之国⑤，其民皆生卵。

【注释】

①成山：山名。

②甘水：水名，可能指今广东北江。穷：尽。

③季禺之国：季禺国，传说国中人是颛顼后代。

④颛顼：相传为黄帝之孙、昌意之子，生于若水，居于帝丘。

⑤卵民之国：卵民国，因其国之人都会生卵而得名。

【译文】

还有一座山，名叫成山，这里是甘水的尽头处。有个季禺国，国中的居民皆是帝颛顼的后裔，他们以黍为食。有一个羽民国，该国的人身上长满了羽毛。还有一个国家，名叫卵民国，国人都会生卵。

【原文】

15.7　大荒之中①，有不姜之山②，黑水穷焉③。又有贾山，汔水出焉。又有言山，又有登备之山。有恝恝之山④。又有蒲山，澧水出焉⑤。又有隗山⑥，其西有丹⑦，其东有玉。又南有山，漂水出焉。有尾山，有翠山。

【注释】

①大荒：最荒远的地方。

②不姜之山：不姜山。一说可能在今贵州境内；一说在今中南半岛北部。

③黑水：水名。一说指今喀什喀尔河；一说是越南境内的黑水河。穷：尽。

④惄惄（jiá）之山：惄惄山，可能指今张家界中的山峰。

⑤澧水：水名。一说即今澧水。

⑥隗（wěi）山：山名。一说在今湖南境内。

⑦丹：指丹砂。

【译文】

在最荒远之地中有座山，名叫不姜山，这里是黑水的尽头处。另有一座贾山，汔水发源于此。又有言山、登备山、惄惄山。还有一座蒲山，澧水发源于此。又有一座隗山，山的西面有丹砂，东面有玉。再向南还有座山，漂水由此处发源。另外还有尾山和翠山。

【原文】

15.8　有盈民之国①，於姓，黍食。又有人方食木叶。

【注释】

①盈民之国：盈民国，国名。

盈民国

盈民国　清　汪绂图本

【译文】

有一个盈民国，国人皆姓於，以黍为食。也有人正在吃树叶。

【原文】

15. 9　有不死之国①，阿姓，甘木是食②。

【注释】

①不死之国：不死国，也叫不死民。

②甘木：一说指不死树；一说指甘蔗。

【译文】

有一个不死国，国人皆姓阿，他们以甘木为食。

【原文】

15. 10　大荒之中①，有山名曰去痓②。南极果，北不成，去痓果③。

【注释】

①大荒：最荒远的地方。

②去痓（chì）：山名。

③从"南极果"以下三句的意义不详，可能是巫师留下来

的几句咒语。

【译文】

在最荒远之地中有一座山，名叫去痊。南极果，北不成，去痊果。

【原文】

15.11　南海渚中[1]，有神，人面，珥两青蛇[2]，践两赤蛇，曰不廷胡余。

不廷胡余

不廷胡余　清　汪绂图本

【注释】

①南海：所指不定。先秦时指东海或泛指南方民族的居住地，也指南方的一个海域；西汉后指今南海。

②珥：用作动词。这里指（用两条青蛇）作耳饰。

【译文】

在南海的岛上有一位神，它长着人一样的脸，以两条青蛇作耳饰，脚下踩着两条赤蛇，这位神名叫不廷胡余。

【原文】

15.12　有神名曰因因乎，南方曰因乎，夸风曰乎民，处南极以出入风①。

【注释】

①出入风：这里指掌管风的出入。

【译文】

南方有一位名叫因因乎的神，南方称他为因乎，夸风称他为乎民，因因乎在大地的最南端掌管风的出入。

【原文】

15.13　有襄山，又有重阴之山①。有人食兽，曰季厘②。帝俊生季厘③，故曰季厘之国。有缗渊④。少昊生倍伐⑤，倍伐降处缗渊⑥。有水四方，名曰俊坛。

【注释】

①重阴之山：重阴山，山名。

②季厘：又叫季狸，传为帝喾之子。

③帝俊：指帝喾。

④缗（mín）渊：水泽名。

⑤少（shào）昊（hào）：相传是黄帝之子，是远古时羲和部落的后裔、华夏部落联盟的首领，同时也是东夷族的首领。

⑥降：流放。

【译文】

有一座襄山，还有一座重阴山。有人正在吞食野兽，此人名叫季厘。帝俊生了季厘，所以季厘后裔所在的国家，名叫季厘国。这里有一个缗渊。少昊生了倍伐，倍伐被流放至缗渊。此地有个呈四方形且高出地面的水池，它的名字叫俊坛。

【原文】

15.14　有载民之国①。帝舜生无淫，降载处②，是谓巫载民。巫载民朌姓③，食谷，不绩不经④，服也；不稼不穑⑤，食也。爰有歌舞之鸟⑥，鸾鸟自歌⑦，凤鸟自舞。爰有百兽，相群爰处。百谷所聚。

【注释】

①载（zhí）民之国：载民国，国名，又叫载国。

②降：流放。

③肦（pān）：一作"盼"。

④绩：把麻搓捻成线或绳。经：本义是织物的纵线，这里指织布。

⑤稼：种植谷物。穑（sè）：收割庄稼。

⑥爰：这里；那里。

⑦鸾鸟：传说中凤凰一类的鸟。

【译文】

有一个载民国。帝舜生了无淫，（后来）无淫被流放至载地，此地的人就被称为巫载民。巫载国的人都以肦为姓，以谷为食，他们不用纺织，就有衣服穿；不用耕作，就有粮食吃。这里生长着擅长唱歌跳舞的鸟，鸾鸟正自由自在地歌唱，凤鸟正自由自在地跳舞。这里还有各种各样的野兽，它们群居在一起。此处还是百谷聚集生长的地方。

	《山海经》中名称	今　考
山海经地理古今考	恝恝之山	可能是湖南省张家界中的山峰
	蒲　山	可能是湖南省张家界中的山峰
	隗　山	大致在湖南省境内

【原文】

15.15　大荒之中[1]，有山名曰融天，海水南入焉。

【注释】

①大荒：最荒远的地方。

【译文】

在最荒远的地方之中有一座山，名叫融天，海水从它的南边流入。

【原文】

15.16　有人曰凿齿[1]，羿杀之[2]。

【注释】

①凿齿：古代传说中的野人。

②羿：后羿，夏朝有穷氏首领，善于射箭。

【译文】

有一个人名叫凿齿，他被羿用箭射杀了。

【原文】

15.17　有蜮山者[1]，有蜮民之国，桑姓，食黍，射

蜮是食。有人方扞弓射黄蛇[2]，名曰蜮人。

蜮人

域人　清　汪绂图本

【注释】

①蜮（yù）山：山名。蜮：传说中一种害人的动物，能含沙射人，使人生病。

②扝（yū）：拉。

【译文】

有一座蜮山，那里有个蜮民国，这个国家的人以桑为姓，以黍为食，也用箭射杀蜮来作为食物。有人正在拉弓射黄蛇，他的名字叫蜮人。

【原文】

15.18　有宋山者，有赤蛇，名曰育蛇。有木生山上，名曰枫木。枫木，蚩尤所弃其桎梏①，是为枫木。

【注释】

①桎（zhì）梏（gù）：脚镣和手铐。

【译文】

有一座宋山，山中有一种赤蛇，名叫育蛇。有一种树生长在山上，这种树名叫枫树。蚩尤把他身上的脚镣、手铐扔在地上，于是长出了枫树。

【原文】

15.19　有人方齿虎尾①，名曰祖状之尸②。

祖状之尸

祖状之尸　清　汪绂图本

【注释】

①齿：咬一说指牙齿。

②祖状之尸：祖状尸，人名一作"粗状之尸"。

【译文】

有个人正咬着老虎的尾巴，这个人名叫祖状尸。

【原文】

15.20 有小人①，名曰焦侥之国②，几姓，嘉谷是食③。

【注释】

①小人：指由身材矮小的人组成的国家。

②焦侥之国：焦侥国，国名，又叫周饶国。

③嘉谷：优良的谷物。

【译文】

有一个由身材矮小的人组成的国家，名叫焦侥国，这个国家的人均以几为姓，以优质的谷物为食。

【原文】

15.21 大荒之中①，有山名歹涂之山②，青水穷

焉③。有云雨之山④，有木名曰栾⑤，禹攻云雨⑥，有赤石焉生栾，黄本、赤枝、青叶⑦，群帝焉取药。

【注释】

①大荒：最荒远的地方。

②歹（xiǔ）涂之山：歹涂山。一说即丑涂山。

③青水：水名。一说可能是今贵州的清水江；一说是中国西南部的澜沧江。

④云雨之山：云雨山，山名。一说为重庆、湖北边境的巫山；一说为贵州的云雾山。

⑤栾：即栾木。

⑥禹：传说是夏朝的第一位君主。因禹治水有功，舜让位给禹，禹建国为夏。攻：治理。云雨：云雨山。

⑦本：草木的茎或根。

【译文】

在最荒远的地方之中有座山，名叫歹涂山，这里是青水穷尽的地方。还有一座云雨山，山上有一种树名叫栾，大禹治理云雨山时，有块赤石长出了栾树，这种树长着黄色的树干、红色的树枝、青色的叶子，诸位帝王都采集它的枝叶来制作药物。

【原文】

15.22　有国曰颛顼①，生伯服，食黍。有鼬姓之

国②。有苕山③。又有宗山。又有姓山。又有壑山。又有陈州山。又有东州山。又有白水山，白水出焉，而生白渊，昆吾之师所浴也④。

【注释】

①颛顼：颛顼国，国名。

②鼬（yòu）姓之国：鼬姓国，国名。

③苕（tiáo）山：山名，大致在今湖南、广西、贵州境内。

④昆吾之师：指昆吾人。

【译文】

有个国家名叫颛顼国，颛顼生了伯服，国中之人以黍为食。又有一个鼬姓国。（这里）有座苕山。还有宗山、姓山、壑山、陈州山、东州山。此外还有座白水山，白水发源于此，白水从山中流出汇聚成白渊，这里是昆吾人洗澡沐浴的地方。

【原文】

15.23　有人名曰张弘，在海上捕鱼。海中有张弘之国①，食鱼，使四鸟②。

【注释】

①张弘之国：张弘国，国名。一说即长臂国。

②鸟：这里指兽。

【译文】

有个名叫张弘的人，他正在海上捕鱼。海中有一个张弘国，国人以鱼为食，能够驱使四种野兽。

张弘国　选自《中国清代宫廷版画》

【原文】

15.24　有人焉，鸟喙，有翼，方捕鱼于海。大荒之中①，有人名曰驩头②。鲧妻士敬③，士敬子曰炎融，生驩头。驩头人面鸟喙，有翼，食海中鱼，杖翼而行。维宜芑、苣、䅟、杨是食④。有驩头之国。

【注释】

①大荒：最荒远的地方。

②驩（huān）头：人名。

③鲧（gǔn）：传说中禹的父亲。

④芑：白粱粟，一种谷类植物。苣（jù）：莴苣。一说指黑黍。秬（lù）：后种先熟的谷物。

【译文】

有一个人，他长着鸟一样的嘴，身上长有翅膀，正在海中捕鱼。在最荒远之地中有个人，名叫驩头。鲧的妻子为士敬，士敬的儿子名叫炎融，炎融又生下了驩头。驩头长着人一样的脸，嘴巴与鸟嘴相似，身上长有翅膀，以海中的鱼为食，依靠翅膀来行走。他也常常吃白粱粟、莴苣、秬和杨树叶。于是有了驩头国。

【原文】

15.25　帝尧、帝喾、帝舜葬于岳山①。爰有文贝、离俞、鸱久、鹰、延维、视肉、熊、罴、虎、豹②。朱木③，赤枝、青华、玄实④。有申山者。

【注释】

①尧：传说中远古部落联盟首领，号陶唐氏，史称唐尧。喾：黄帝之子玄嚣的后裔，号高辛氏。舜：上古帝王，有虞氏，

姓姚，名重华，又称虞舜。岳山：狄山。一说可能是九嶷山，又名苍梧山，在今湖南宁远南，相传虞舜葬于此处。

②离俞：离朱，传说中的一种神禽。鸱久：鸱鹠，鸟名，猫头鹰的一种。延维：委蛇。传说中的一种怪蛇。视肉：传说中的兽名。罴：棕熊。

③朱木：木名。

④玄：黑色。

【译文】

帝尧、帝喾、帝舜都埋葬在岳山。岳山中有带花纹的贝、离朱、久、鹰、延维、视肉、熊、罴、虎、豹。山中还生长着一种朱木树，枝干是红色的，花是青色的，所结的果实是黑色的。还有一座山，名叫申山。

【原文】

15.26　大荒之中①，有山名曰天台高山②，海水入焉。

【注释】

①大荒：最荒远的地方。

②天台高山：今浙江省东部的天台山。

【译文】

在最荒远之地中有座山，名叫天台山，海水从此山流入。

【原文】

15.27　东南海之外[1]，甘水之间，有羲和之国[2]。有女子名曰羲和，方日浴于甘渊[3]。羲和者，帝俊之妻，生十日。

【注释】

①南：应为衍文。

②羲和之国：羲和国，国名。

③日浴：当为"浴日"，给太阳洗澡。甘渊：渊名。

羲和浴日

羲和浴日　清　汪绂图本

【译文】

在东海之外、甘水与东海之间，有个国家名叫羲和国。国中有一个女子，名叫羲和，她正在甘渊中给太阳洗澡沐浴。羲和，是帝俊的妻子，她生了十个太阳。

【原文】

15.28　有盖犹之山者[1]，其上有甘柤[2]，枝干皆赤、黄叶、白华、黑实。东又有甘华[3]，枝干皆赤，黄叶。

有青马，有赤马，名曰三骓④。有视肉⑤。

【注释】

①盖犹之山：盖犹山，山名。

②甘柤（zhā）：植物名。

③甘华：植物名。

④三骓（zhuī）：马名。

⑤视肉：传说中的兽名。

【译文】

有一座盖犹山，山上生长着甘柤，它的枝条和树干都是红色的，叶子是黄色的，开白色的花朵，结黑色的果实。东面长着甘华树，枝条和树干都呈红色，长着黄色的叶子。山中有青马，也有赤马，名叫三骓。此外还有视肉。

【原文】

15.29　有小人①，名曰菌人。

【注释】

①小人：指身材矮小的人。

【译文】

有一种身材异常矮小的人，名叫菌人。

【原文】

15.30　有南类之山[1]。爰有遗玉、青马、三骓、视肉、甘华[2]，百谷所在。

【注释】

[1]南类之山：南类山。一说在今中南半岛。

[2]爰：这里；那里。遗玉：玉石名。三骓：马名。视肉：兽名。甘华：植物名。

【译文】

有一座南类山。山中有遗玉、青马、三骓、视肉、甘华树，这里是各种谷物生长的地方。

第十六卷　大荒西经

　　《大荒西经》中记载的国家、山川大致位于中国西部，与海外西经中的部分国家相同。

大荒西经

【导读】

　　《大荒西经》中记述的国家有丈夫国、一臂民、轩辕国等，还记录了许多神话传说，如共工怒撞不周山、女娲之肠化为神

等，极具神秘浪漫色彩。此外，经中还讲述了中华文明的起源，如后稷降百谷、叔均耕作播百谷，指出了农业的起源；太子长琴在榣山上始作乐风，指出了音乐的起源。

【原文】

16.1　西北海之外，大荒之隅[①]，有山而不合，名曰不周负子[②]，有两黄兽守之。有水曰寒暑之水[③]。水西有湿山，水东有幕山。有禹攻共工国山[④]。

不周山两黄兽

【注释】

①大荒：最荒远的地方。

②不周负子：不周山。传说共工曾怒触不周山。

③寒暑之水：指冷水和热水交替涌出的泉水。

④共工国山：山名，指禹杀共工之臣相柳的地方。

不周山两黄兽　清　汪绂图本

【译文】

在西北海之外，最荒远之地的角落，有一座不能合拢的山，名叫不周山，有两个黄色的兽守卫着这座山。山中有一条水，名叫寒暑水。水的西面有座湿山，东面有座幕山。此外，还有一座大禹攻打共工国时的山。

共工怒触不周山

【共工怒撞不周山】

传说共工是神农氏的后裔，属于炎帝一族，长着人的面孔、蛇的身体。共工是水神，当黄帝的后人颛顼做了部落首领之后，共工一直不服气，想要与颛顼争夺帝位，结果在大战中惨败。

共工一怒之下用头撞塌了不周山。不周山乃是天地间的支柱，这样一来，天空破了一个大洞，开始向西北方向倾斜，所以日月星辰东升西落；大地向东南方向塌陷，所有的江河都向东南方向汇集。

幸亏人类的母亲女娲炼制五色石修补苍天，又将芦苇烧成灰洒在地上堵住了洪水，才将人类从这场灾难中拯救出来。

【原文】

16.2　有国名曰淑士，颛顼之子①。

【注释】

①颛顼之子：指颛顼之子淑士的后代。

【译文】

有个名叫淑士的国家，该国是由颛顼之子淑士的后代组成的。

【原文】

16.3　有神十人，名曰女娲之肠①，化为神，处栗广之野，横道而处②。

女娲之肠

女娲

【注释】

①女娲之肠：女娲肠，神名。女娲：神话中人类的始祖，传说她与伏羲结合而产生人类，又有她炼石补天、抟土造人的传说。

②横：侧，旁边。

【译文】

有十位神人，名叫女娲之肠，这些神人是由女娲的肠子变幻而成的，他们居住在栗广的原野上，在道路的旁边。

女娲造人

【女娲造人】

女娲是中国神话传说中人首蛇身的女神。传说天地开辟之后，天上有了日月星辰，地上有了草木山川、虫鱼鸟兽。女娲在天地间游玩，刚开始的时候看到草木青翠、百鸟齐鸣，很是开心。可时间久了，又不免觉得有些寂寞。一次，女娲百无聊赖地走在河边，偶然在水中看见自己的倒影，她笑，水中的影子也朝她笑；她假装生气，水中的影子也朝她生气。她灵机一动：世间生物万种，单单没有和自己长得一样的生物，为什么不造一些呢？想到这儿，她就顺手从河边挖了些泥土，和上水，照着自己的模样捏了起来，最后捏成了一个有五官、有手有脚的娃娃。女娲把它放到地上，说也奇怪，这泥捏的小家伙刚一接触地面，就活了起来，而且开口就喊："妈妈。"女娲高兴极了，给他取名叫"人"。她昼夜不停地捏泥人，想让这些小生物布满大地，可是大地太辽阔，女娲捏得胳膊都麻了，还是没能达成愿望。她失望地看看周围，忽然看到崖壁上的藤条。"有了。"女娲折下一根藤条，伸进泥潭，沾上泥浆向地面一甩，点点泥浆落地后就变成了一个个小人儿，欢呼雀跃地喊着妈妈。女娲见新方法奏效了，越洒越起劲，很快大地上就布满了人。可这些人是泥捏的，最终免不了会死亡。女娲就参照其它生物传种接代的方法，把小人分为男女，又建立婚姻制度，让他们繁衍后代。

【原文】

16.4　有人名曰石夷，来风曰韦，处西北隅以司日月之长短[①]。

石夷

【注释】

①司：掌管。

【译文】

有个名叫石夷的人，风吹来的地方叫做韦，他处在西北角以掌管日月运行时间的长短。

石夷　清　汪绂图本

女娲补天

【女娲补天】

　　传说盘古开天辟地，女娲抟土造人以后，日月星辰各司其职，人类过着平静而幸福的生活。

女娲补天

后来共工与颛顼争夺帝位失败，他一怒之下用头撞向不周山，折断了这根天地之间的支柱，结果导致天空破了一个大洞，向西北方倾斜；支撑四极的柱子折断了，大地向东南方塌陷，山林燃起了大火，大地上洪水泛滥，人民流离失所，各种猛兽则趁机四处吞食人类。

女娲看到自己创造的人类陷入巨大的灾难之中，心痛难忍，于是决定炼制石浆以修补苍天。她周游四海，最后选择了东海上五座仙山之一的天台山，因为只有那里才出产适合用来炼制石浆的五色石。

在辛苦修补完天空以后，女娲又砍断了神鳌（传说中海中的大乌龟）的四足，以代替天柱支撑四方。接着，女娲斩杀了祸害人类的黑龙，收集了许多芦苇，烧成灰后洒在大地上，制止了到处蔓延的洪水，总算将人类从危机边缘拯救了出来。

不过，这场惊天动地的灾祸毕竟还是留下了一些痕迹：从此，天空向西北方向倾倒，于是日月星辰每天从东方升起；大地则向东南方向塌陷，于是江河里的水都向东流去，最后奔腾入海。

【原文】

16.5　有五采之鸟[①]，有冠，名曰狂鸟。

【注释】

①五采之鸟：羽毛五彩斑斓的鸟。

狂鸟

狂鸟　清　汪绂图本

【译文】

有一种鸟，身上五彩斑斓，头上有冠，它的名字叫做狂鸟。

	《山海经》中名称	今 考
山海经动物古今考	五采之鸟	传可能为鸷，种类很多，在我国分布较广的是普通鸷，体长 50 ~ 60 厘米，羽毛褐色，两翼下各有一白色横斑

【原文】

16.6　有大泽之长山①，有白氏之国。

【注释】

①大泽之长山：山名。一说指沙漠。

【译文】

有一座大泽之长山，有一个白氏国。

【原文】

16.7　西北海之外，赤水之东①，有长胫之国②。

【注释】

①赤水：水名。一说指金沙江；一说指额尔齐斯河。

②长胫之国：长胫国，因其国中之人小腿较长而得名。

【译文】

在西北海之外、赤水的东面，有一个叫长胫国的国家。

【原文】

16.8　有西周之国①，姬姓，食谷。有人方耕，名曰叔均。帝俊生后稷②，稷降以百谷。稷之弟曰台玺，生叔均。叔均是代其父及稷播百谷，始作耕。有赤国妻氏③。有双山。

【注释】

①西周：古部落名，姬姓国，始祖为后稷。

②后稷：周族的始祖，名弃。虞舜任命他为农官，教民耕稼。

③赤国妻氏：人名。一说为地名。

【译文】

有一个西周国，这个国家的人姓姬，以谷物为食。国中有人个正在耕田，这个人名叫叔均。帝俊生了后稷，后稷把各种谷物的种子从天上带到了人间。后稷的弟弟名叫台玺，他生下了叔均。叔均代替他的父亲和后稷播种各种谷物，这才有了耕作。有一个人名叫赤国妻氏。还有一座双山。

【后稷与叔均】

后稷是周朝的始祖，传说是姜原踩巨人足迹受孕而生。他从小喜欢农艺，常常观察作物生长，研究耕种方法，总结了一套种植经验。后稷生活的时代，人们主要靠打猎和采集野果为生，有时候不免会挨饿。后稷就教百姓学习耕种，从此人们有了固定的食物来源，日子越来越好过了。帝尧知道了他的本领，就聘请他做掌管农业的官，教全国的百姓学习耕种。还把一个叫邰的地方封给他，这里就是周朝兴起的地方。

叔均是后稷的侄子，他也喜欢农业耕种，并继承了后稷的农业成果。在长期的劳作中，他发现野牛被驯服后温顺听话，而且力气很大，于是他试着训练它们替人们承担一些重活，开始用牛代替人力耕作，使农业生产向前迈进了一大步。

【原文】

16.9　西海之外①，大荒之中②，有方山者，上有青树，名曰柜格之松，日月所出入也。

【注释】

①西海：水名。一说可能指青海湖。
②大荒：最荒远的地方。

【译文】

在西海之外，在最荒远的地方之中，有一座山名叫方山，

山上长有一种青树，它的名字叫柜格之松，这里是日月升降出入的地方。

【原文】

16.10　西北海之外，赤水之西①，有先民之国②，食谷，使四鸟③。

【注释】

①赤水：水名。一说指黄河；一说指金沙江。

②先民之国：先民国。一说应作"天民之国"。

③鸟：这里指兽。

【译文】

在西北海之外，在赤水的西岸，有一个先民国，这个国家的人以谷物为食，能驱使四种野兽。

【原文】

16.11　有北狄之国①。黄帝之孙曰始均，始均生北狄。

【注释】

①北狄之国：北狄国，国名。狄：我国古代对北部少数民族的统称。

【译文】

有一个北狄国。黄帝的孙子名叫始均，始均生了北狄。

【原文】

16.12　有芒山。有桂山。有榣山，其上有人，号曰太子长琴。颛顼生老童[1]，老童生祝融[2]，祝融生太子长琴，是处榣山，始作乐风[3]。

【注释】

①颛顼：号高阳氏，相传为黄帝之孙、昌意之子，生于若水，居于帝丘。老童：耆童，颛顼之子。

②祝融：传说中楚国君主的祖先，名重黎，是颛顼的后代。祝融是掌火之官。

③乐风：乐曲。

【译文】

有芒山和桂山。还有座榣山，山上住着一个人，名叫太子长琴。颛顼生了老童，老童生了祝融，祝融生了太子长琴，太子长琴住在榣山之上，开始创作乐曲。

【原文】

16.13　有五采鸟三名[1]：一曰皇鸟[2]，一曰鸾鸟[3]，一日凤鸟④。

【注释】

①五采鸟：羽毛五彩斑斓的鸟。

②皇鸟：即"凰"雌凤凰。

③鸾鸟：传说中凤凰一类的鸟。

④凤鸟：雄凤凰。

【译文】

有三类五彩斑斓的鸟：一种叫凰鸟，一种叫鸾鸟，一种叫凤鸟。

【原文】

16.14　有虫状如菟①，胸以后者裸不见②，青如猿状。

【注释】

①菟（tù）：通"兔"。

②裸：指不长毛。

【译文】

有一种野兽，它的形状与兔子相似，胸部以下裸露着，但又看不出是裸露，这是因为它的皮色发青，与猿猴的皮色差不多。

【原文】

16.15　大荒之中①，有山名曰丰沮玉门②，日月所入。

【注释】

①大荒：最荒远的地方。
②丰沮（jū）玉门：山名。

【译文】

在最荒远之地中有座山，名叫丰沮玉门，这是日月降落后进入的地方。

【原文】

16.16　有灵山，巫咸、巫即、巫肦、巫彭、巫姑、巫真、巫礼、巫抵、巫谢、巫罗十巫①，从此升降，百药爰在。

【注释】

①十巫：指前面列举的十个巫师。肦（pān）：一作"盼"。

【译文】

有一座灵山，巫咸、巫即、巫肦、巫彭、巫姑、巫真、巫

礼、巫抵、巫谢、巫罗这十位巫师，从这里升到天庭或是下到
人间，这里是各种各样的草药生长的地方。

十巫

十巫　清　汪绂图本

【原文】

16.17　西有王母之山、壑山、海山①。有沃之国②，沃民是处。沃之野③，凤鸟之卵是食④，甘露是饮。凡其所欲，其味尽存。爰有甘华、甘柤、白柳、视肉、三骓、璇瑰、瑶碧、白木、琅玕、白丹、青丹⑤，多银、铁。鸾凤自歌⑥，凤鸟自舞，爰有百兽，相群是处，是谓沃之野。

【注释】

①王母之山：应作"有西王母之山"，西王母山，山名。

②沃之国：应作"沃民之国"，即沃民国。

③沃之野：即"诸夭之野"，传说中的一片沃野。

④凤鸟：雄凤凰。

⑤甘华：植物名。甘柤（zhā）：植物名。白柳：柳的一种，柳叶的背面为苍白色或有白粉。视肉：传说中的一种兽。三骓（zhuī）：马名。璇瑰：美玉名。瑶：美玉。碧：青绿色的玉石。白木：树名。一说指枝干呈白色的树木；一说指白乳木。琅（láng）玕（gān）：美石。丹：这里指一种可用来制药的矿物。

⑥鸾凤：应作"鸾鸟"，传说中凤凰一类的鸟。

【译文】

有西王母山、壑山和海山。有一个沃民国，沃民就在这里生活居住。他们生活在沃野之上，以凤鸟的卵为食，以甘露为饮品。凡是他们想吃的东西，这里都应有尽有。这里还有甘华、甘柤、白柳、视肉、三骓、璇瑰、美玉、青绿色的石头、白木、琅玕、白丹、青丹，另外还有许多银和铁。鸾鸟自由地歌唱，凤鸟自在地起舞，这里还有各种各样的野兽，它们成群结队地生活在一起，这里就是所谓的沃野。

【原文】

16.18　有三青鸟[1]，赤首黑目，一名曰大鵹[2]，一名少鵹[3]，一名曰青鸟。

【注释】

[1]三青鸟：三只青鸟。

[2]大鵹（lí）：鸟名。

[3]少鵹：前应有"曰"字。

【译文】

有三只青鸟，它们都长着红色的脑袋、黑色的眼睛，一只名叫大鵹，一只名叫少鵹，还有一只名叫青鸟。

【原文】

16.19　有轩辕之台[1]，射者不敢西向射[2]，畏轩辕之台。

【注释】

①轩辕之台：轩辕台，可能是纪念皇帝的台。

②西向射："射"为衍文，意思是朝西射箭。

【译文】

有一座轩辕台，射箭的人不敢向西射箭，这是因为他们敬畏轩辕台。

【原文】

16.20　大荒之中①，有龙山②，日月所入。有三泽水，名曰三淖③，昆吾之所食也④。

【注释】

①大荒：最荒远的地方。

②龙山：山名。

③三淖（nào）：沼泽名。

④昆吾：指昆吾人。

【译文】

在最荒远之地中有座山，名叫龙山，这里是日月降落后进入的地方。有三个连在一起的大沼泽，名叫三淖，这里是昆吾人获取食物的地方。

【原文】

16.21　有人衣青，以袂蔽面^①，名曰女丑之尸^②。

【注释】

①袂（mèi）：衣袖。

②女丑之尸：女丑尸，人名。

【译文】

有个人身穿青色的衣服，用袖子遮住脸，这个人名叫女丑尸。

【原文】

16.22　有女子之国^①。

【注释】

①女子之国：女子国，国名。

【译文】

有一个国家叫女子国。

【原文】

16.23　有桃山，有虻山^①，有桂山，有于土山。

【注释】

①虻（méng）山：山名一说即"芒山"。

【译文】

有桃山、虻山、桂山和于土山。

【原文】

16.24　有丈夫之国①。

【注释】

①丈夫之国：丈夫国，国名。

【译文】

有一个国家叫丈夫国。

【原文】

16.25　有弇州之山①，五采之鸟仰天②，名曰鸣鸟。爰有百乐歌儛之风③。

【注释】

①弇（yǎn）州之山：弇州山。一说指崦嵫山。

②五采之鸟：羽毛五彩斑斓的鸟。

弇州山

③[illegible]en：跳舞。

【译文】

有一座弇州山，这里有一种五彩斑斓的鸟仰面向天，这种鸟名叫鸣鸟。这里有各种音乐及唱歌跳舞的风俗。

崦嵫山

【原文】

16. 26　有轩辕之国。江山之南栖为吉[1]，不寿者乃八百岁。

【注释】

①江山：山名。一说在四川省境内；一说指江和山。

【译文】

有一个轩辕国。在江山的南边居住可以获得吉祥，这里的居民不长寿的也能活到八百岁。

【原文】

16.27　西海陼中[1]，有神，人面鸟身，珥两青蛇[2]，践两赤蛇，名曰弇兹[3]。

【注释】

①陼：同"渚"，水中的小洲。

②珥：用作动词，这里指（用两条青蛇）作耳饰。

③弇兹：传说中的神名。

弇兹

【译文】

在西海的小洲中住着一位神人，这位神人长着人面鸟身，他以两条青蛇作耳饰，脚踏两条赤蛇，名字叫做弇兹。

弇兹　清　汪绂图本

【原文】

16.28　大荒之中①，有山名曰月山，天枢也②。吴姖天门，日月所入。有神，人面无臂，两足反属于头山③，名曰嘘。颛顼生老童④，老童生重及黎⑤，帝令重献上天⑥，令黎卭下地⑦，下地是生噎⑧，处于西极，以行日月星辰之行次⑨。

日月山

【注释】

①大荒：最荒远的地方。

②天枢：天的枢纽。

③山：应作“上”。

④颛顼：号高阳氏。相传为黄帝之孙、昌意之子，生于若水，居于帝丘。老童：即耆童。

⑤重：传说中老童之子，掌管天上的事物。黎：传说中老童之子，管理地下的事物。

⑥献：这里是举起的意思。

⑦印：通“抑”，抑压，按下之意。

⑧喤：一说即上文的“嘘”。

⑨行次：运行次序。

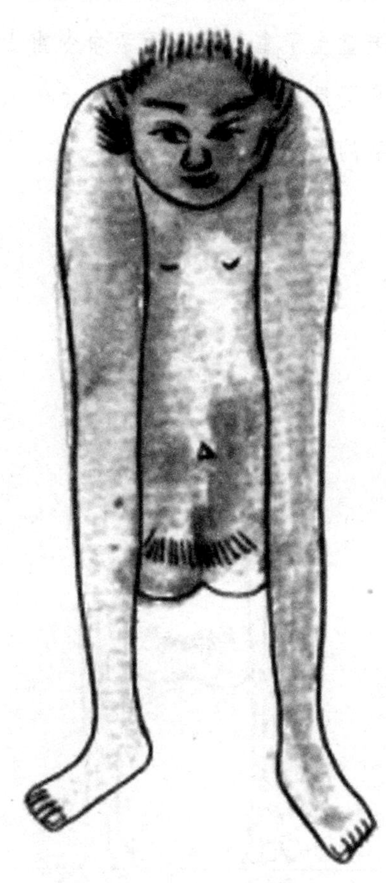

嘘

【译文】

　　在最荒远之地有一座山，名叫日月山，这里是天的枢纽。吴姖天门，是太阳和月亮降落后进入的地方。有一位神，他长着人一样的脸，没有手臂，两只脚反转着生在头上，名叫嘘。颛顼生了老童，老童生了重和黎，天帝命令重上天庭，又命令黎下凡间，黎到凡间后生了噎，噎住在大地的最西端，掌管着太阳、月亮和星辰的运行次序。

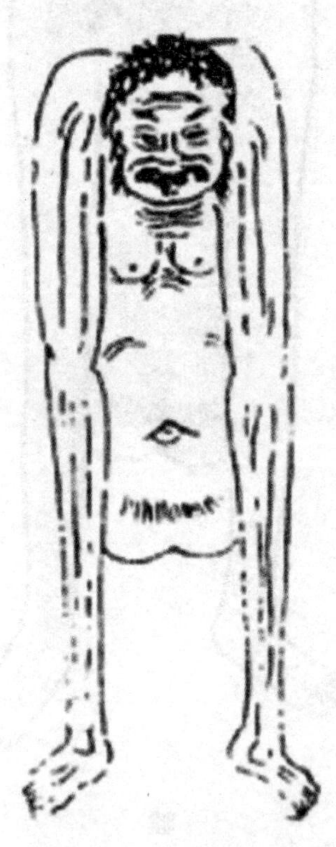

嘘　清　汪绂图本

【原文】

16.29　有人反臂①，名曰天虞。

【注释】

①反臂：胳膊反着长。

【译文】

有一个人的两只胳膊反着生长，名叫天虞。

【原文】

16.30　有女子方浴月。帝俊妻常羲①，生月十有二，此始浴之。

【注释】

①帝俊：这里指帝喾。

【译文】

有一个女子正在给月亮洗澡沐浴。帝俊的妻子常羲，生了十二个月亮，这是她开始为月亮洗澡。

常羲浴月

常羲浴月　清　汪绂图本

常羲浴月

嫦娥奔月

【嫦娥奔月】

后羿一下子射落了九个太阳，天帝便将他和他的妻子嫦娥一起贬下凡间以示惩罚。因为在凡尘中难免生老病死，后羿为了一直和妻子过着幸福美满的生活，于是决心去向西王母求取传说中的不死药。

后羿跋山涉水，最后终于登上了昆仑山。西王母为后羿的英雄事迹所打动，于是慷慨地给了他两人份的不死药，并叮嘱他说，一人服一份就可以长生不老，一人服两份则会即刻升天成仙。

后羿兴高采烈地回到家中，将西王母的话转述给妻子，并将不死药交给她珍藏。

嫦娥在凡间时常常怀念天上的生活，一直想重新回到天上做神仙，但又舍不得自己的丈夫。终于有一天，她再也忍不住诱惑，趁后羿外出打猎，偷偷拿出不死药，全部吞了下去。

嫦娥吞下药后，觉得整个身子变得轻飘飘的，随即便从窗口慢慢飘出，向天上飞去，一直飞到离人间最近的月亮上。傍晚，后羿回到家，侍女们向哭诉了嫦娥成仙的事情。后羿悲痛万分，冲到窗口，仰望着夜空不停呼唤爱妻的名字。

嫦娥到了月亮上，发现这里凄清寒冷，一个人也没有，只有一只白兔为伴，又听到丈夫的呼唤声，心中顿生悔意，但是一切都已经回不去了，她只能千年万载地待在月宫中，独自忍受寂寞的煎熬。

【原文】

16.31　有玄丹之山[①]。有五色之鸟，人面有发。爰有青鸢、黄鳌、青鸟、黄鸟[②]，其所集者其国亡。

【注释】

①玄丹之山：玄丹山。一说因山中产黑丹而得名。

②爰：这里；那里。鸢（wén）：传说中的一种鸟。鳌（áo）：传说中的一种鸟。

【译文】

有一座山名叫玄丹山。有一种五彩斑斓的鸟，它长着人一样的脸，头上长着发。这里有青鸢、黄鳌、青鸟、黄鸟，这些鸟在哪个国家聚集，哪个国家就会灭亡。

【原文】

16.32　有池，名孟翼之攻颛顼之池[①]。

【注释】

①孟翼之攻颛顼之池：池名。孟翼：人名。

【译文】

有一个水池，名叫孟翼攻颛顼池。

【原文】

16.33　大荒之中①，有山名曰鏖鳌钜②，日月所入者。

【注释】

①大荒：最荒远的地方。
②鏖（áo）鳌（áo）钜（jù）：山名。

【译文】

在最荒远之地中有座山，名叫鏖鳌钜，这里是太阳和月亮降落后进入的地方。

【原文】

16.34　有兽，左右有首，名曰屏蓬①。

【注释】

①屏蓬：即并封，传说中的一种兽。

【译文】

有一种兽，身体的左右两侧各长着一个脑袋，名叫屏蓬。

屏蓬

屏蓬　明　蒋应镐绘图本

【原文】

16.35　有巫山者。有壑山者。有金门之山，有人名曰黄姖之尸①。有比翼之鸟②。有白鸟，青翼、黄尾、玄喙③。有赤犬，名曰天犬，其所下者有兵。

【注释】

①黄姖（jù）之尸：黄姖尸，人名。

②比翼之鸟：比翼鸟。

③玄：黑色。

天犬

【译文】

有一座巫山。有一座壑山。还有一座金门山，山中居住着一个名叫黄姬尸的人。有比翼鸟。也有白鸟，它长着青色的翅膀，黄色的尾巴，黑色的嘴。有一种赤色的狗，名叫天犬，它在哪里出现，哪里就会有战争发生。

天犬　清　汪绂图本

【原文】

16.36　西海之南[①]，流沙之滨[②]，赤水之后，黑水之前，有大山，名曰昆仑之丘[③]。有神，人面虎身，有文有尾，皆白，处之。其下有弱水之渊环之[④]，其外有

1104

炎火之山⑤，投物辄然⑥。有人，戴胜⑦，虎齿，有豹尾，穴处，名曰西王母⑧。此山万物尽有。

【注释】

①西海：水名。一说指青海湖；一说指今新疆的罗布泊。

②流沙：古时指中国西北的沙漠地区。

③昆仑之丘：昆仑山。

④弱水之渊：弱水渊。弱水：传说这种水轻得无法浮起鸿雁的羽毛。

⑤炎火之山：炎火山，今新疆吐鲁番的火焰山。

⑥然：即"燃"。

⑦胜：古代妇女的饰物。

⑧西王母：传说中的女神，亦称金母、瑶池金母、瑶池圣母，住在昆仑山的瑶池中。

【译文】

在西海的南边、流沙的旁边、赤水的后面、黑水的前面，有一座大山，名叫昆仑丘。有一位神，他长着人面虎身，身上有白色的斑纹和白色的尾巴，居住在昆仑山中。山脚下有弱水渊环绕，深渊之外有一座炎火山，只要将物品投到这座山上，就会燃烧起来。有一个人，头上戴着头饰，长着虎一样的牙齿、豹一样的尾巴，住在昆仑丘的洞穴中，名叫西王母。世间万物，这座山中应有尽有。

【原文】

16.37　大荒之中[1]，有山名曰常阳之山[2]，日月所入。

【注释】

①大荒：最荒远的地方。
②常阳之山：常阳山，可能在今陕西之南、四川之北。

【译文】

在最荒远之地中有座山，名叫常阳山，这里是日月降落后进入的地方。

【原文】

16.38　有寒荒之国。有二人：女祭、女薎[1]。

【注释】

①女薎（miè）：人名。一说指女戚。

【译文】

有一个国家叫寒荒国。国中居住着两个人：女祭和女薎。

【原文】

16.39　有寿麻之国[1]。南岳娶州山女[2]，名曰女虔。

女虔生季格，季格生寿麻。寿麻正立无景③，疾呼无响。爰有大暑，不可以往。

【注释】

①寿麻之国：寿麻国，国名。

②南岳：人名。一说指黄帝；一说为与黄帝同属一系的人。州山：山名。一说是地名。

③景（yǐng）："影"的本字。

【译文】

有一个国家叫寿麻国。南岳娶了一位州山的女子为妻，这位女子名叫女虔。女虔生了季格，季格生了寿麻。寿麻立正在在太阳底下不会出现影子，大声叫喊却没有声音。这个国家的天气异常炎热，人们无法前往。

【寿麻国】

寿麻国中的人没有影子，而且当地的气候异常炎热。寿麻国地处西方，它有可能处在今天的中亚腹地沙漠一带。据说寿麻国的祖先原来居住在南极附近，当时国内发生地震，地壳震动断裂，洪水肆虐，万物随着大地沉入水中。寿麻带领国中的百姓一路向北奔逃，一直逃到现在的寿麻国才安顿下来。大家信服寿麻的能力，感激他的救命之恩，便拥立他做了国君，建立的国家就叫寿麻国。几年后，他们派人回乡打探，才发现原来族人居住的地方已经不存在了，余下的乡人亦不知生死，很可能是随大地一同沉下去了。

【原文】

16.40　有人无首，操戈盾立，名曰夏耕之尸[1]。故成汤伐夏桀于章山[2]，克之，斩耕厥前[3]。耕既立，无首，走厥咎[4]，乃降于巫山[5]。

夏耕之尸

【注释】

①夏耕：人名，可能是夏桀的臣属。

②成汤：名履，又叫武汤、汤，商部族首领，打败夏桀建立了商朝。夏桀：夏朝最后一位君主。

③厥：他，这里指夏桀。

④走厥咎：指逃避自己的过失。

⑤降：指逃奔。

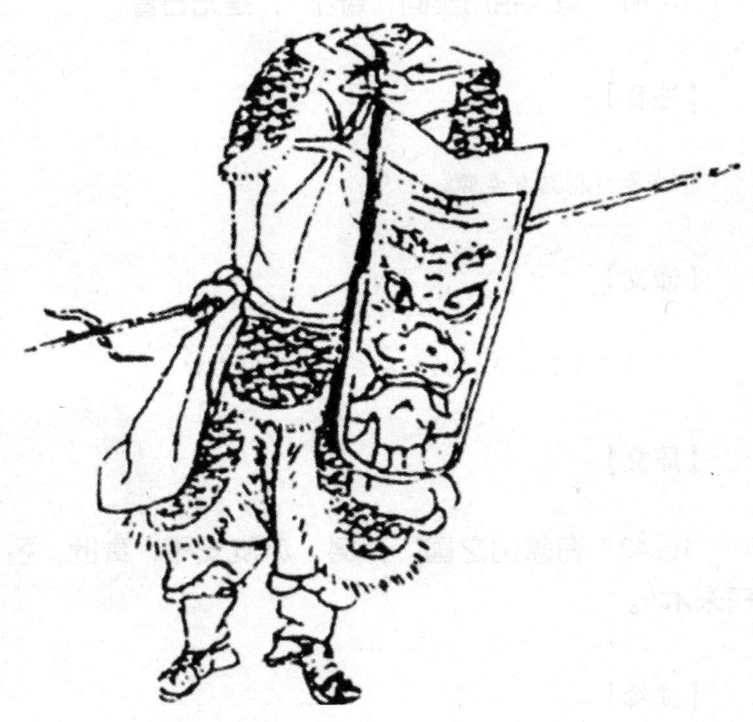

夏耕之尸　清　汪绂图本

【译文】

有一个人没有脑袋，手执矛和盾站立着，这个人名叫夏耕之尸。原来成汤在章山讨伐夏桀，打败夏桀后，当着他的面砍下了夏耕的脑袋。夏耕的尸体站立在那里，没有脑袋，为了逃避罪责，他就躲到了巫山之中。

【原文】

16.41　有人名曰吴回，奇左[1]，是无右臂。

【注释】

[1]奇左：指只有左臂。

【译文】

有个名叫吴回的人，只有左臂，而没有右臂。

【原文】

16.42　有盖山之国。有树，赤皮支干，青叶，名曰朱木[1]。

【注释】

[1]朱木：木名。一说指红木。

【译文】

有一个国家叫盖山国。有一种树，树皮呈红色，枝干也呈红色，叶子呈青色，这种树名叫朱木。

【原文】

16.43　有一臂民①。

【注释】

①一臂：指一臂国。

【译文】

有个一臂国，国民只长着一只手臂。

【原文】

16.44　大荒之中①，有山名曰大荒之山，日月所入。

【注释】

①大荒：最荒远的地方。

【译文】

在最荒远之地有座山，名叫大荒山，这里是日月落下后进入的地方。

【原文】

16.45　有人焉，三面，是颛顼之子①，三面一臂，三面之人不死。是谓大荒之野②。

【注释】

①颛顼：号高阳氏，相传为黄帝之孙、昌意之子，生于若水，居于帝丘。

②大荒：最荒远的地方。

【译文】

有一个人，长着三张脸，他是颛顼的后代，有三张脸、一只手臂，这种三面人永远不会死。这里就是所谓的大荒之野。

【原文】

16.46　西南海之外，赤水之南，流沙之西①，有人珥两青蛇②，乘两龙，名曰夏后开③。开上三嫔于天④，得《九辩》与《九歌》以下⑤。此天穆之野⑥，高二千仞⑦，开焉得始歌《九招》⑧。

【注释】

①流沙：古时指中国西北的沙漠地区。

②珥：动词，用作指（用两条青蛇）作耳饰。

③夏后开：夏后启。

④嫔：通"宾"，宾客。

⑤《九辩》、《九歌》：都是乐曲名。相传原为天帝的乐曲，后被夏启带到人间。

⑥天穆之野：地名。一作"大穆之野"。

⑦仞：古代以八尺或七尺为一仞。

⑧《九招》：即"九韶"，传说为虞舜时的乐曲。

夏后开

【译文】

在西南海之外、赤水的南边、流沙的西边，有一个人，他以两条青蛇作耳饰，骑着两条龙出行，这人名叫夏后启。夏后启三次上天庭做客，他把天上的乐曲《九辩》和《九歌》带到人间。在这高达二千仞的天穆野之上，启才得以开始歌唱乐曲《九招》。

【原文】

16.47　有互人之国[1]。炎帝之孙名曰灵恝[2]，灵恝生互人，是能上下于天。

【注释】

①互人之国：互人国，国名。一说应作"氏人之国"。

②炎帝：上古姜姓部落的首领，号烈山氏。灵恝（jiá）：传说中的人物。

【译文】

有个互人国。炎帝的孙子名叫灵恝，灵恝生了互人，互人能自由地上天或从天上下来。

【神农氏】

炎帝神农氏是继伏羲以后，又一个对中华民族贡献颇多的传奇人物。远古时期，人们过着渔猎和采集的生活，他发明了木耒和木耜，教会人民农耕技术；还曾尝遍百草，发明了医术；更是发明了历法，开创了九井相连的灌溉技术。

《拾遗记》记载，神农氏曾遇到一只周身通红的丹雀，衔着一棵五彩穗谷从他的头顶飞过，正好掉落了几颗。他把种子搜集起来种植，谷物成熟后从中选出了稻、黍、稷、麦、菽五种作物，教百姓耕种，从此人类社会进入了农耕时代，后人尊称神农氏为"五谷爷"。

　　传说神农氏的肚子如水晶般透明，能看见五脏六腑，哪里出了问题，都能看得清清楚楚。远古时代的人们还不会用火加工食物，常吃生的东西，因此常常得病。神农氏为了解除人们的病痛，就亲自品尝各种草药的药性，尝尽百草。据说，他一天之内曾中毒七十二次，全靠茶来解救。但最后一次，他看见一种开着黄色小花的草，其实是剧毒无比的断肠草，他摘了一片叶子放在嘴里咀嚼，不一会儿就感到肚子疼，来不及解毒，就看到肠子一节一节地断开了，再也无药可救。

　　神农氏献出了自己宝贵的生命，但他发现的能治病的药物却流传开了，人们尊敬爱戴他，每年都会为他祭祀，纪念他的功绩。

	《山海经》中名称	今　考
山海经地理古今考	西　海	一说指青海湖；一说指新疆的罗布泊
	炎火之山	火焰山，从新疆吐鲁番延伸到鄯善县以南，山体主要由红砂岩构成，夏季温度很高
	巫　山	可能是指河南省禹州市附近的山

【原文】

16.48 有鱼偏枯①，名曰鱼妇，颛顼死即复苏②。风道北来③，天乃大水泉，蛇乃化为鱼，是为鱼妇。颛顼死即复苏。

【注释】

①偏枯：偏瘫。

②颛顼：号高阳氏。相传为黄帝之孙、昌意之子，生于若水，居于帝丘。

③道：从。

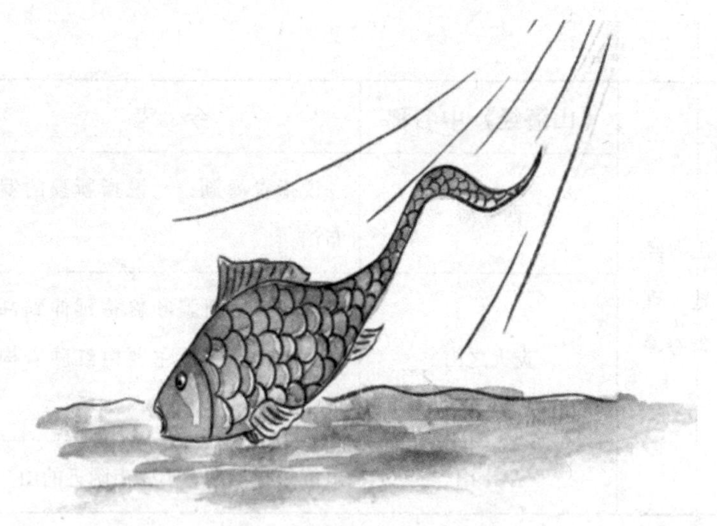

鱼妇

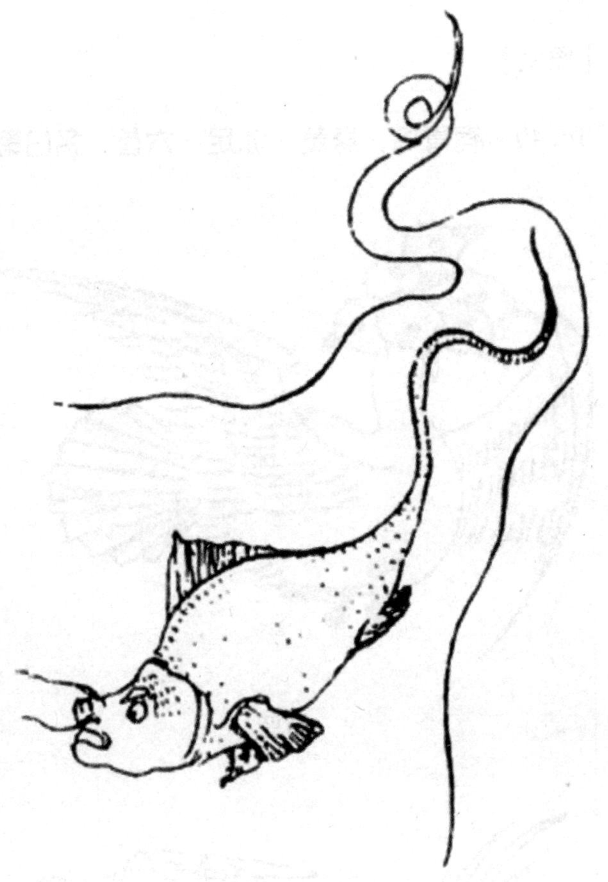

鱼妇　清　汪绂图本

【译文】

有一种一侧身体瘫痪的鱼，名叫鱼妇，颛顼死后就立即复苏（不再瘫痪）。大风从北方吹来，天上便下起像泉涌一样大的雨，蛇在这时变为了鱼，这就是鱼妇。颛顼死后就立即复苏。

【原文】

16.49　有青鸟，身黄，赤足，六首，名曰鹨鸟[①]。

鹨鸟

鹨鸟　明　蒋应镐绘图本

【注释】

①鶠（chù）鸟：传说中的一种鸟。

【译文】

有一种青鸟，它长着黄色的身子、红色的脚，还长着六个头，这种鸟名叫鸟。

【原文】

16.50　有大巫山，有金之山。西南大荒之中隅①，有偏句、常羊之山②。

【注释】

①大荒：最荒远的地方。隅：角落。
②偏句：山名。

【译文】

有一座大巫山，还有一座金山。在最荒远的地方的西南角，有一座偏句山和一座常羊山。

【原文】

16.51　按：夏后开即启，避汉景帝讳云①。

【注释】

①汉景帝：西汉皇帝刘启。

【译文】

按：夏后开即指夏后启，是为避汉景帝刘启的名讳而改的。

　　第七儿是狴犴（bì àn）：又名宪章，样子像虎。相传它主持正义，而且能明是非，因此它被安在狱门上下、门大堂两则、以及官员出巡时肃静回避的牌上端，以维护公堂的肃然之气。

嘲风，龙生九子之一中的老三。样子像狗，平生好险。